百幻千梦

Baihuan Qianmeng

马偲航

——

著

九州出版社 JIUZHOUPRESS | 全国百佳图书出版单位

图书在版编目（CIP）数据

百幻千梦 / 马偲航著. -- 北京 ：九州出版社，
2021.11
　ISBN 978-7-5225-0740-8

　Ⅰ．①百… Ⅱ．①马… Ⅲ．①长篇小说－中国－当代
Ⅳ．①I247.5

中国版本图书馆CIP数据核字(2021)第249518号

百幻千梦

作　者	马偲航　著	
责任编辑	王海燕	
出版发行	九州出版社	
地　址	北京市西城区阜外大街甲 35 号（100037）	
发行电话	(010)68992190/3/5/6	
网　址	www.jiuzhoupress.com	
印　刷	三河市九洲财鑫印刷有限公司	
开　本	880 毫米 ×1230 毫米　32 开	
印　张	7.75	
字　数	160 千字	
版　次	2022 年 5 月第 1 版	
印　次	2022 年 5 月第 1 次印刷	
书　号	ISBN 978-7-5225-0740-8	
定　价	58.00 元	

自　序

　　最开始是因为看了一些作品，觉得有些不够好，于是想自个儿弄个小说世界写着试试。不过还是有一些比较具体的原因。第一，社会主义是解决架空世界社会问题的最终解法。一些末日题材小说，会写人心如何黑暗，秩序如何崩溃。但是我觉得，1927年4月12日那样的日子，不够黑暗吗，不够恐怖吗？但就在这种情况下，还有人有着一腔热血，有着单纯无私而又坚定的信念。所以我相信这种信念能够经受住各种灾难的考验。第二，如何看待利益。马克思说："人类奋斗所争取的一切，都与他们的利益有关。"这句话要如何理解？在小说中，主角之一的吴黎明，就是个坚持利己主义、唯利是图的人。他要如何转变成为一个懂得奉献、理解正义的人？第三，要有文化自信，中华文化是很了不起的。我看了好些电影，感觉它们讲的东西似乎我们古人早就说过。就像罗素说的："人类唯一的历史教训就是忘记历史教训。"所以有了许多题材类似的电影。然后去看了看《尚书》《左传》《韩非子》《鬼谷子》《易传》《三国志》等等，觉得古人的智慧了不得，真的都说过了，而且不论什么背景，魔法世界、星际世界、修仙世界还是什么其他的，都可以适用。所以我觉得，对于一些比较典型的古代作品，最好是有一些了解。另一方面，一些内容用文言文来说会有一种难以替代的韵律美。后面自己写了一些仿古文，感觉还是看得不够多，不够好。最后，人要有自己的精神家园。在我的小说里，有一个名词叫作"雾界"。原因就是一些人缺少精神家园，那位置是空的，白茫茫的一片。而"黑云"象征着低俗，甚至邪恶思想的侵蚀和同化。小说里不对"性本善"还是"性本恶"评论，这不是绝对区分的。但是以小说世界里的观点，"正义""秩序"和"人心所向"不说必定消灭邪恶，但最终一定能把邪恶给赶到精神家园之外，使得自己的梦界、潜意识，能有一块净土。越来越多的人留有净土，就给邪恶留下了藩篱。怜悯，是最高尚的品德。心有净土，就会有怜悯之心。小说大部分篇幅放在梦界而非现实界也是凸显一个精神家园的重要性。物质建设还没跟上不要紧，精神文明建设可以先行。

目 录

第一卷　噩梦开端

1.火折子

在一座建有临时瞭望塔的低矮而葱郁的矮丘旁，有一条长有许多石菖蒲的清溪。霞光斜照，溪流显得十分幽暗阴森。矮丘下，清溪旁，扎满了大大小小的各色帐篷。它们的表面沾着许多污泥和碎叶，看着和泥泞的地面差不多。在帐篷间的过道上散落着不少杂物和垃圾，三名骑手控制着马小心翼翼地走着，以免使得一片狼藉的营地更加混乱。为首的是一名顶盔贯甲、须发皆白的老将军，他的铠甲上尽是裂痕。在他身后，跟着两名背负长弓、腰悬长剑的骑士。在骑士的马上，各自挂着一个小灯笼。

"他们是谁？"我问旁边一个啃着黑面馒头的人。

他把嘴里的馒头咽下："他们是精锐中的精锐，常胜军。"

"常胜？"

"岂惧无登，魁然友朋。何忧湍流，飞桥潜舟。星驰关城距强房，千里游战报捷书。胸有甲兵经纬策，震敌安民守山河。"他流露出敬畏的神色，"这是一支屡立战功，威名赫赫的军队。"

"我听说过常胜军，只是，他们看上去遭遇过不少恶战。

那老将军莫非是……"

"没错，正是华高蜇，华镇军。"

"你认得？"

"某曾为边军，戍清月。"他流露出回忆的神色，"时夜无声，月无光。贼伪守军之貌，焚炮车，毁粮草。有斥候回报，有敌突兵，欲图边关。长史征民粮，拆民居以守城。"

"民可有怨？"

"覆巢之下，焉有完卵？"他叹了口气，继续说道，"连鏖城上，强撑一月有余。长史忧敌绕山越关，阴袭后城，且粮草将尽，言守无可守，遂亲领百骑，开关延敌。余大部择机护民撤。数日后，传长史殁，边城陷。时众处险境，为常胜军救。"

"我们会赢吗？"我看了看混乱的营地和稀散的兵卒，感觉没有什么胜算。实际上，从撤离令发布到强行撤离，都没人说过到底发生了什么。

"予信常胜。"他没有多说，但是可以感觉到，若是再多说几句，就会动摇到他的信心。

我摇了摇头，被他这么一说，反而没了信心。"只有常胜军，如何打得赢。要知'双拳难敌四手，好虎难架群狼'。"

"汝言与民同战？"老兵抬起眼，"民强役辎重，难突前交兵。"

"那你知道，我们面对的敌人是什么吗？"我问道。他摇了摇头，没有回答。

"你是老兵呀，没有门路知道吗？"

他卷起裤管，露出一条一根木棒做成的假肢，敲了敲，说道："予不便行走。时为殿，吾膝见一矛穿。"

我皱了皱眉，这答非所问。

"唯在役者方可知其所当者何，而予难归军矣。封言断信，使民无惧耳。"

"不知道敌人，才会恐慌吧。"我不认同。我本来以为他会反对这个观点，没想到他重重点了点头。

"可见彼歌舞之人？"他往右前方指了指，"一无所知，可得安乐，然其临险束手。溺于虚福，必将在劫难逃。"

"哔——"一声刺耳的哨音响了起来。我看向残疾老兵。他叹了口气，拄着拐杖站了起来。

"怎么了？这是让那些人安静下来吧。"我不太确定。

"汝视其军旗。"老兵指了指几个帐篷后的一个带着红色流苏的枪头。"军旗立于民营，此为增预备之队也。"四周的喧闹很快沉寂下来，仿佛所有人都已被夜幕吞没。紧张的氛围似是化作了潮水，越涨越高，压得人喘不过气来。

我站起身，"我去看看，你先坐着吧。"

老兵抬了抬手，示意我等等。

没过片刻，一个大嗓门的军士在营地中央喊道："嗟，我士，无哗。予誓告汝群言之首。国家兴亡，匹夫有责。今邦国杌陧，血染山阿。三军奋勇，死战六合。现召子民，会其同仇。

坚忍其德，绵系其力，进战退守，与猛士俱。番番良士，旅力既愆，我尚有之。赳赳舞象，将将挽弓，我尚有之。今常胜当先，召民共战，诛灭贼寇。邦之荣怀，系于汝身。"

军士读完，四周的人似乎都在愣神。

"随我报营。"老兵拍了拍我的肩膀，指了指中营的方向。"无人能逃，"老兵说道，"长胜有律，与民无犯。今急召乡勇，必是危难之时也。"

"那我们？"

"见机行事。"

"我亦不惧战。"

"呵呵。"老兵冷笑。

在中营的登记区实际上没有登记。只是从士兵那接过一把剑，或是一张弓和十支箭。

"喂！"老兵喊住递给我弓箭的士兵。

"何事？"

"白川府振威军。"老兵行了一个军礼，凑到他耳边，"时予新役，得一火折子。"

那士兵正要说什么，看了看我，从腰包里取出一个细竹筒，悄悄递给我。与老兵行礼告别后，继续分发武器。

"哔——哔哔哔！"

又是一阵哨声，但是变得急躁。刚才发武器的那个士兵急匆匆地跑到武器堆，询问了下他们的长官。很快，他跟着长官往难民营外的军营赶去，由系着围裙的炊事兵走来替换他。先领到武器的人，在卫兵带领下渡过清溪，往军营侧面前进。我刚跋涉过水，就看见军营方向升起冲天火光。难民们见此，如潮水般散去。

2.云中书

"同学们，现在开始上课。"老师在讲台上说道。"今天，我们讲古代志怪游记《云中书》山卷第一——《仓玄山》。《云中书》年代久远，多有佚散，甚至其作者也只有个李书生的称呼传下，而未有载其真名。不过这《云中书》是古游记之瑰宝，后人评曰：李书生之记，皆据景直书，不惮委悉烦闷。携仙气入字，载大相入词。足踏天下，手记奇踪。归补奇观，求知远游。下面我们请晓琪同学朗诵下课文第一段"。

"哈——"我把课本翘起，盖着嘴巴，悄悄打了个哈欠。午后的阳光令人陶醉。把书放下，瞥一眼课代表。只见她一手负于后背，一手拿着课文，给大家示范诵读，颇有气势。

"《云中书·仓玄山》：乘舟出青浦，杳杳日将暮。白鼍逐文鱼，赤獭拾菖蒲。船工起火炉，猎户献彩鹿。药师下乌藤，农人煮金谷。木杯斟清酒，长衫盛水雾。夜泊漓水寨，闲看渔人舞。彩玉镶藤杖，锦翎发上箍。腾转引星河，荧光明脉路。对酌老渔父，知有天仙无？北陆有仓玄，传闻为天柱。不知高几许，青龙也难渡。远古有一仙，道场山顶筑。余笑虚诞事，莫把世人误。渔父正颜色，遥指场中巫。灵动无老态，实岁四百五。其祖登仓玄，得求神仙术。辗转思一夜，平明寻老巫。千金求一问，仙人在何处。老巫笑摆手，有缘自能渡。临别漓水寨，老巫赠一物。三寸紫金竹，仙人里中住。驱马步荒皋，三日至省都。独坐驿馆内，细看紫金竹。金丝银线走神纹，清漆彩釉溢流光。竹节忽一跳，转瞬即消无。只觉心神困，倒头入梦途。暾出兮东方，金阳照兮苍梧。登小丘而北望，紫云高山雨树。山峻高以蔽日兮，下幽晦以多雨。霰雪纷其无垠兮，云霏霏而承宇。撰余辔兮高驰翔，杳冥冥兮以东行。"

"很好，请坐。"老师点了点头，"这第一段主要是写李书生得知仓玄所在的过程，具有浪漫主义的特点。以精炼的语句，快速带过了得知和寻找仙山的烦琐过程。辞、赋、骈文自然切换，对仗押韵，读起来也是蛮有意思。接下来我们看，李书生怎么登山。"老师继续说道："玉英止兮云门开，木萧萧兮传仙音。采石兮东谷，汲水兮南泉。寻花兮北坡下，取藤兮西山穴。五日倏而过，方至山前殿。青葵生阶下，紫藤覆殿前。白貂钻墙底，赤蛛封门楣。石像坐中台，无形亦无面。躬身作一拜，灵思入心间。五枚东谷石，摹刻固阵链。一斛南泉水，北花二十钱。西藤置香台，徐徐升紫烟。闭目感百骸，运气沉丹田。石像闪白光，传余锻体拳。候而三月过，腾跃轻如燕。再拜白石像，复寻仙山巅。十人合抱木，山脚轻微草。冰刃九千丈，九曲银河绕。表独立兮山之上，云容容兮而在下。拊膺坐长叹，仙居还在上。不食人间烟火气，独观皓月与列星。若坐此地修仙路，可与山川寿齐平？忽而雷填填，震魂荡心神。转醒四周看，仍在省都驿。"

"小舟，你说仙居应该是什么样啊？这李书生怎么没写。"同桌突然悄声问道。

"呵。仙人不食凡间烟火，李书生不过一介平民，估计没有真的见到仙居吧。可能是哪个小道士带点仙气的屋子。"我想了想，应该是这个原因。

"这样的吗？好可惜啊。"

"如果真是仙居的话，估计也很简陋吧。你看他说的，独坐峰顶，观日落月升，可见是一心向道之辈，非欲求丰富之人。想来也是就地取材盖的房子。"

"那可不一定，传说仙人只手翻云雨，覆手摘星辰，哪有仙人办不到的事儿？"同桌不认同。

"'仙人'只是一种意象，我们这个世界是崇尚科学的唯物主义世界。"

"周瑾，马小舟，你俩嘀咕什么呢？"老师放下课本，瞪着我问道。

"老师，周瑾问李书生爬了那么久的山，半夜还待在悬崖上吹冷风，怎就不写仙居到底什么样。"我实话实说。

哈哈哈……众同学笑，讨论声渐渐多了起来。

"《云中书》是神话，这些细节，李书生编不出来了。"后桌说道。

"留白，肯定是留白。"一同学说。

"李书生走不动了，远远看看就回去了。"后排一个略有发胖的同学将心比心。

"仙居能那么容易见到吗，肯定是呈现出你熟悉的样式。如果是一只小狗登顶，看到的仙居肯定是一个狗窝。"

"嗯，马小舟同学请坐。刚才听下面的同学说的几个都很好。仙居到底是什么样的呢，有同学说所见即所想，很有哲理。若是真有仙居，也许在凡人看来确实如此。当然，想象力丰富的同学也可以认为，仙居可以是巍峨壮丽，金光万里。我觉得呢，李书生这里不写仙居具体如何，可能是因为仙居不过居所而已，对修仙之人无足轻重，不写反而可以凸显仙居的仙风仙气，使其精神不被凡俗之物所屏蔽。在李书生看来，这仙居不管是真是假，有没有仙人，最刻骨铭心的就是一种孤寂之感。

大道恢漠，仙路缥缈。所以这李书生字里行间，既有对仙居主人独立世间、孤独静修的钦佩，亦有对修仙寻道的怀疑。"

不知不觉就下课了，我还没有回过神来。倚靠在冰凉的墙壁上，仿佛自己就是李书生，正斜靠在峭壁上，看寒风吹开山顶的一抹薄云，一片月华从九天上流淌而下，洒在仙居的屋顶上。

3.酒旗

五步宽的巷子铺着青灰色的石板，两边是白墙黑瓦的两或三层的小楼。不用抬头，就可以看到两面酒旗。一面是巨大的白底黑字旗，悬挂在三层小楼外。一面是小幅的黄底黑字旗，挂在两层小楼外。在店门外，都挂着葫芦形的幌子。

"这颜色，对应酒色吧？"我心下想着，往黄旗店里走去。

"客官，喝一杯？"我还在打量店里布局的时候，一个头戴淡蓝色方巾的小伙子问道。

在我有些犹豫时，听到他说"第一杯不要钱"。

我点了点头，找了个位置坐下。那小伙儿轻快地走到一旁的货架上，取出一个陶罐放在我身前的小圆桌上。又提来一壶开水，把一只瓷盏烫过。然后抱起陶罐倒酒，倒入桌边的一个铜盉里。

"浓淡？"他问道。

"淡点吧。"

于是，他取来另一个小陶罐，从里面打出一勺清水，混进盉里搅拌。然后打出一勺倒到酒盏里。快满时，我轻叩桌面。

"你这儿的酒看起来真不错。"我摇了摇瓷盏，橘褐色的酒香荡漾。

"等等。"我正要喝时，他拦住我。"你吃了吗？"

"没，怎么了？"我感到疑惑，看日头，现在应该是下午四点左右。

"你先等一下，空腹喝酒不好。"他说着走到柜台边，取来一个装着小面饼的碟子，又烫了个杯子，倒了一杯茶。

"给！"他把小饼和茶递过来。

"多谢。"我点了点头。慢慢吃着，豆沙馅，不错。

"你家掌柜呢？这样把店员的食物给顾客吃了，他不会怪你吧？"我喝了口茶，问道。

"不会的。我就是掌柜。"小伙说道，从旁边拉过一张凳子，坐了下来，给自己也满上了一盏。

我看了他一眼，着实感到意外。

"意外吧？本来有个老掌柜，但是他觉得开店没什么意思，就回山里的酒庄了。"

"哈哈哈哈！"我看向门外，那个方向传来洪亮的喧闹声。

"真是抱歉，那是对面酒家的人。"年轻掌柜道歉。

我摇了摇头，不提这事。"你这里似乎不如对面生意好？"

掌柜往远处看看："以前有顾客买酒，老掌柜都要告诉他，'无彝酒'，还说以前都是'饮惟祀'。生生把人劝退了。"

"哈，老掌柜也是的，这是和钱过不去吗。不过你家酒好，还愁没人买？"

"以前有人饮酒闹事，惹得老掌柜生气，后来就把这家店改成主营面食的铺子。只是舍不得这家店，所以还留着酒旗，继续卖点酒。"掌柜说道，"你等下，我去给你看看祖传的酒旗。"他说着，跑到楼上去。未几，拿着一个烤漆樟木盒下来。他展开酒旗，比外面挂着的大多了。篆书的酒字，褪色的米色底上有两行小字："玉液赠雅士，清酒照人心。"

"是何事让老掌柜生气了？"

"他听闻有人把他的酒拿去当工具，而非为了品酒。亵渎了酒在他心中的崇高地位。"

"此话怎讲？"

"你怎么看，喝不喝，醉不醉与信任捆绑的问题？"

"原来如此。"我点点头。见掌柜并没有求答的意思，我转移话题，"有时候还是需要喝醉的吧？魏晋的刘伶写过，'兀然而醉，豁然而醒，静听不闻雷霆之声，孰视不睹山岳之形'，通过酒醉来达到一种自由而超脱的状态。"

掌柜摇了摇头，小心地收好酒旗。"很多人喝多后会做出各种伤风败俗之事。能不醉，还是不醉为好。没听说过什么'魏晋'，不过醉后能实现豁然旷达的人还是少数，多数不过是强化了情感罢了，反而更加深陷牢笼。"

我突然发觉在这吃喝了这么一会儿，不买些啥岂不是有点尴尬。摸了摸口袋，却摸出一个细竹筒，上面刻着'常胜'二字。

"你可认得此物？"我问道，我对这东西没有印象。

"常胜军？"掌柜瞪大眼睛，"你是常胜军？"

我摇了摇头："应该不是吧，我记不得了。"

"这是火折子，把火种闷在里面，吹一下就能燃。这并不便宜，你还是收好吧。"他似乎是看出我想拿火折子抵账。

"呼喇喇。"一声惊雷撕开了天空。黑云来了，来得突然，来得莫名，带着无可阻挡的势头，把大日吞了。

"给，"掌柜从腰间摸了个小木牌给我，上面写着"翠微山庄"。"你看来要在这住一段了，若是想还钱，可以去庄子，就在镇子后面的山里。"

4.石墩

残垣，夕阳，老树。一匹小毛驴被一块黑布蒙着眼睛，驱动着石磨碾着谷子。一个胖嘟嘟的小男孩拿着一段地瓜秧走在毛驴前面喂食。我走上前去，摸了摸毛驴。暖和，顺滑。

"停一下。"我和小男孩说。

"怎么了？"他转过身，抬头问道。

"这石磨，不一般啊。"

他疑惑地看着我："你要喜欢就多来磨面吧。"

"不，我不是这个意思。"我连忙纠正道，"我是说，以前没注意到，这石头上面雕的兔子蛮可爱的。不像是普通的磨盘。"

"原来你是说这个。你忘了这磨盘的故事儿吗？"

"我没印象了。"我皱了皱眉，"你给我讲讲呗。"

"在很久很久以前……"小孩扬起小脑袋，把手背到身后，一手牵着毛驴走着。我听着听着，脑海中浮现起故事的场景来。

大雨滂沱，天地都被洗去了颜色。在连绵的大屏山下，是雄壮的关城。在宽广的江水上，有森严的水寨。巍巍西岭斩天去，荡荡东江列山来。沃野千里金城地，坚甲十万貔貅卒。这是一处兵家要地。远方，朦胧的雨雾里，响起了一声闷雷，然后是第二声。第三声响起的时候，天上出现了一片星星。这星星越来越亮，我看清楚了，那是燃烧着的箭矢和炮石。火光照耀下，大地上黑甲如潮，恍惚间以为东江改道。在郭城与内城间的炮兵阵地，一架架投石车蓄势待发。将军的目光盯着城楼上的一个士卒。

"一组试射！表尺13，方位30。"将军喊道。三颗流星从地上倒退，飞到了天上。

"全营齐射！表尺14，方位28。"

过了一会儿，观察哨又打出命中的旗语。继续下达射击诸元的将军并没有感到轻松，因为旗语还有一个加快射速的指令。这说明敌人很多，而且就快就要冲进盲区了。同时，在刚才一阵火弹轰炸下，城墙上已经燃起熊熊烈火。许多士卒无处躲避，直接往城内的方向跳下来。敌人的炮兵根本不来和他们对射，而是躲在射程外，集火城头。远射位被山体滑坡破坏，守军又只能在城下用高抛的方式射击，射程比不上敌军。几个时辰后，将军下令让器械营的兵卒分批撤回内城。长时间的雨中作战，弓弦失去了弹性。白白有居高临下的优势，自己这方的弓箭手却发挥不出来。一天的猛攻后，到了傍晚，敌军的旗帜已经登上城楼。

"后来呢？"我见小男孩故意停下，催促道，"这城守不住了吧？"

"后来他们撤兵了。"

"不可能吧？难道是进攻方也损失过大？"

"敌军主将见守城方大势已去，亲自领兵冲锋。炮营在撤退前，有人把散落在地上的一个圆盘形地石块打了出去。机缘巧合下砸中了敌方主将。"

"确实是巧了。"我点点头，突然意识到什么，"就是这个磨盘？"我急切地问道。这可是磨面的磨盘，这来头未免太过晦气。

"不是这块，"小男孩说道，"城里的守军在打扫战场时发现了被石块压在地下的敌军主将。由于这块石头是圆盘形的，上面又有神似兔子的图案，大家认为是月神不忍见人间战事惨烈，让月兔终结了这场战争。于是人们在大屏山上建了一座月神殿，柱头和柱础都是雕刻兔子的磨盘，而那块立功的圆盘形石头就供奉在神殿里。"

"我们这座山似乎就叫作大屏山，但好像，没那么高，旁边也没有河。"我看了看四周，仔细回忆哪里见过河。

"同名罢了，我说的是传说故事。"小男孩做了个鬼脸，"你可真是傻了呀。这磨盘上的兔子是以前有好事者故意雕上去的。不信你仔细看看，这兔子比周围新一些。"

小男孩蹦了蹦，又说道："我说累了，小笨驴也累了，我们回家吧。"小男孩拽住我的胳膊，"趁着天没黑，带我去摘桑葚。这面已经够吃了。"

"如果没有月神的干涉，他们仅凭借自己的手和力量，是不是不能赢得这场战争呢？"我问他。

小男孩歪着脑袋想了一会儿："爷爷说，凡人自己想遭殃，神明会助他实现。或是助长他的欲望，或是直接降下灾厄。"

"马小舟，你还不走，坐这等谁呢？"一个清脆的声音传来，把我惊醒。

"没，没什么。我好像……刚才应该是……"刚醒来的我有点断片儿。

"这石墩子上的小兔子好可爱诶。"周瑾注意到我旁边的一个石墩子，上面是一棵枝繁叶茂的小榕树盆景。

"石墩子，石墩子。"我无意识地念着。

"我先走啦，你看这天，要下雨了。"周瑾摆了摆手，快步走开了。

我摇了摇头，拍了拍裤子，往另一个方向回去。

5.琉小兔

天越来越黑了，很快，在雷没有反应过来之前，雨就争着落了下来。然后，就没有雷什么事了。我离开校门还没多远，急忙走进个避雨的地方。刮去脸上和头发上的雨水，定睛一看，是街角的一家以前常来的零售店。这家位于街角的店，两面漏雨透风，若不是店外的棕榈树，雨能直接灌进去。店主钟大叔正手忙脚乱地给外围货架加装防雨布。

走进店里，一时不知要做什么，就愣愣地看着街道。

"钟叔，今天会迟些时候关门吗？"我看向正在装防水布的中年男子问道。

"本来今天是要提早关门的，毕竟晚上停电嘛，不过现在下大雨，我们会开得迟一点，能让人进来避一避。"钟叔侧过头喊道，声音勉强盖过雨声。这时店里也没几个人，随意一看，只有两个小男孩，津津有味地吃着一串烤肠。由于这家店离居民区比较近，在这附近很少有路人。

我点了点头，往店里随意逛逛。逛到最里面的一排货架时，在齐平的高度看到一排的小兔雕像。有的衣冠踞坐如人状，有的持弓覆甲，有的金面长袍，有的则是惟妙惟肖的兔子。

"你喜欢这些兔子？"不知什么时候，店主家的小女孩突然冒了出来。这小姑娘我认得，名叫钟云岚。

"这小兔子看着挺可爱的。总觉得在哪里见过。"我回答道。

"嘿嘿，我也喜欢这些小兔子。哎，可惜不能都买下来。"

"为何？你不是大老板吗，还买不下来？"

小姑娘摇摇头，叹了口气，眼睛往四周一瞟，确定周围没人后，压低声音说道："有一天，货架上就摆上了这些兔子。我和我爸妈都没有印象是什么时候放上来了。可能是有什么人让我们代售吧。只是兔子下面压着一张纸条，写着每个人最多只能买一个。若没有这个限制，你就看不到这些小兔了！"小姑娘突然神气起来。

"那人挺厉害的，什么材质都玩得转，木，瓷，泥，石，琉璃都有。话说为什么每个人只能买一个？这标价不是最高40，最低20吗，也不贵诶。"

"看，这是我的，桃木卧兔，可爱吧？它叫桃小兔。"小岚举起手腕，秀了秀挂在上面的手链。手链下方悬着一个小拇指尖大小的卧兔，耳朵收着，外形流畅浑圆。

"这兔子看着像小汤圆儿似的，真胖。"

小岚瞪了一眼："这不是胖！那是毛多。"

"为什么这些雕像或大或小都拴在链子上？要么手链要么项链，还有一些像是钥匙扣。这有一些可是泥塑或者琉璃做的，就不怕碎了吗？"我看着这些兔子，不知为何，感觉它们被拴住了。

"这也是奇怪的地方。真的敲不碎的。"云岚倒是没注意这链子的事儿。

"买的人多嘛？"

"不多，好多人似乎看不见它们。喂，你到底买不买啊？"

"怎么，还强买强卖啊？"

"哼，不要算了。"

"等等，我看这琉璃小兔不错，就它吧，"我注意到一只拇指大小，外白内青的琉璃蹲坐兔。注意到它似乎是因为惟妙惟肖的外观？有些奇怪，一眼端庄威严，一瞥呆萌可爱，完全不同的风格。

"36，我给你抹个零，35吧。"

"你确定这叫抹个零？"我翻起钱袋。

"你给它起个名字？"

"这还能取名字？"我说着，递给她35元。

"嗯，那家伙说，这些小兔都是通灵的，要有个名字。"

"呃，那就叫琉小兔。"

"你学我！"

"我觉得你这种命名法简单实用。"

"好吧，你买蜡烛吗？晚上会停电诶。"钟云岚小小年纪，就开始专业推销起来。我无语地笑笑，摆了摆手。"噢，我想起来了，"我轻轻拍了下额头。

"想起啥来？"

"这兔子。在我们学校的图书馆门口摆着个石墩子。在上面印有这兔子的图案。"

"还能这样？那这家伙可能是去过你们学校吧，剽窃了这个形象。"

"呃，也可能是趋同创作吧。不过那石墩似乎是某个大型建筑的柱础，现在拿来放花盆了。"我也没有多想，把琉小兔收回包里。

6.圣索洛斯大教堂

我深吸一口气，从床上醒来。看了看房间，似乎有些熟悉。推开门去，四下看看，确实是在家里。只是感觉阳台变得好大。

"哥，你今天去哪儿？"妹妹从她房间出来，趴在椅背上看着摆着早餐的餐桌。

"不知道，今天闲着没事儿。打算就随便走走。可能会先去车站，看看要去哪里。也可能转转就回来了"。

"我可以和你一起走吗？"

我看了她一眼，没有马上回答。"可能会很无聊，也可能会很蠢。因为我不打算去哪，我打算坐在腰上，让腿自己去走。不建议你一块儿来。"

"这样才有意思呀，那待会儿一起去吧。"小妹抓起一个小笼包，不紧不慢地吃着。

"嗯，你慢慢吃，不赶。"我夹了几块苦瓜，配着稀饭慢慢吃。

一刻钟后，我们来到小区附近的公交车站。

"哥，我们去哪儿？"我看了看在站牌上的地名。"去中央公园？"我问她。

妹妹点了点头："坐地铁更快，公交车很绕。"

我们往地铁站走去，偌大的城市，看起来是那么陌生。兜兜转转，每一条街道，似乎都是一样的。甚至，连阳光照射的角度都没有变化。不知道走了多久，坐上了一辆公交车。

大概一个时辰后，我们在中央公园车站下了车。在公园前，我大吸了一口清新的空气，更换掉车里吸的浊气，顿觉神清气爽。四下看去，公园正门是一道气派的弧形石门，门前是一个大广场，中央有一列的喷泉。广场周围是青色的柏树。在公园一旁，坐落着经典的哥特式地标建筑，圣索洛斯大教堂。最高的钟塔有近百米高，建筑正面画着神启图的彩花玻璃窗恢宏大气。画上，身披白袍，头顶光环的天使，往地面投射一道光束。由于建筑的原因，彩窗隐蔽于阴影中，但那束光却来自自然光，使得画面看着格外立体。在光束下，是虔诚跪拜的信徒。

"我们今天第一个参观的是圣索洛斯大教堂。"一个扩音器里发出的声音吸引了我的注意，是个摇着旗子的导游。我看向妹妹，她点点头，我们一块儿凑到队尾去听。

"圣索洛斯大教堂始建于 1778 年，由传教士索罗斯先生筹资建造。这座教堂是很有争议的建筑。"导游看了我们一眼，但是没有点破，只是点了点头，继续说道，"各位来看这座教堂，肯定是知道'离奇地标榜单'吧？"周围有些游客点了点头。

导游继续说道："离奇的地方有三点。第一，名字。心理学上有一个名词，叫作索罗斯综合征，是精神分裂和多重人格的统称。这一名字与这座教堂的一些艺术作品有些隐秘的联系。第二，介于主流和非主流之间。这座教堂援引了主流宗教的一些形象，却并非完全是那些教义。建立两百年后，才有人发觉这教派为异端，并将其焚毁。不过，每次要毁灭它时，总会发生一些意外，把这建筑留下。后来，由一些原教众出资重建，但是再也没有这一教派的传教士在此工作生活。目前是由旅游和文化部门运营，作为一个艺术品和文物的展馆。第三，是这座教堂的艺术品不是单纯的装饰。"

队伍跟着导游慢慢走近教堂。

"在展馆里是不能高声喧哗，一会儿进去后我得把这个麦关了。现在先说下几个待会儿可以重点看的。"导游说道，"首先，是教堂最外面的这个花窗。"大家顺着导游的指向看去。

"这幅画已经有近一千年的历史，这个花窗四百年前被损毁过，现在看到的是后来重做的。最神奇的一点是，这玻璃是双向玻璃。从教堂外面看上去，没在圣光下的众生，眼神中是荫翳和贪婪之色，而从教堂里往外看，又是木讷之色。"

导游停了停，继续说道："这幅画名为'神启'，圣光临尘，破除昏昧。通常的说法是，在众生进入教堂后，才会意识到先前追求的欲望，不过是锁住神志的枷锁。真正的神智是缺失的，于是人就如同行尸走肉。而神明将渡化众生，解除枷锁，让其得到真正的自由。"

"细思极恐。"一名游客说道，脸色苍白，他问导游道，"这不会得精神分裂吗？它的另一个意思，恐怕是没有了欲望的枷锁，人就如同行尸走肉吧。"

"聪明！这就是这幅画的隐藏意思。按照这个教派的教义，破除欲望的枷锁并非是禁绝欲望，而是转化为信念。但是这个教派的教义不止这些。我们说这个教派奇怪，就是在于它对它的教义并没有一个严格的定义，只是有一个宗旨，即是引道信徒去寻找幸福的存在。"

"看起来好像没什么问题啊，为什么最后走向破灭？"过了一会儿，有一位游客问道。

"因为他们从宗教的方式去研究哲学和心理学，为俗世所不容。另一方面，他们认为存在的是神性和神的教义，而不存在神，所以又为宗教界所不容。"导游顿了顿，"他们研究达到幸福的方法，其实完全可以走哲学家的道路，比如斯多噶学派，确信人必然承担的角色而获得心态上的选择自由，从而达到幸福。关于宗教的我们不多说，相信各位也不想知道。这个话题最后要说的是，这个教派有意思的一点是，他们反对'发掘，满足和追寻自身欲望以达到自由和幸福'的理论，而是类似于史铁生说的，'生命的意义不在于向外的索取，而在于向内的建立'。各位如果有兴趣可以自己再去了解这些理论，我们讲下一个注意点。"

导游指了指旁边圣索洛斯艺术馆的徽章，主要图案是一个女子侧脸的轮廓。"这是圣索洛斯大教堂的镇馆之宝，在建立之初就存在至今的女神像。有人说她是阿弗洛狄特，也有人说她是月神。这是一座符合各方审美的雕像。据老教众所说，这座神像的意义是引导人用不含欲望与利害之心去感知纯粹的美，相当于教会的一个教材。"

我们没有跟着旅游团进去，只是抬头看时，发现天已经黑了。为了赶时间回去，就坐车去了地铁站。这地铁站也变得不太一样。外面是大片施工未完形成的荒地，漆黑一片。站里也变得十分空旷，却错综复杂。通道的尽头，似乎有白茫茫的雾。我们不敢继续下去，还是倒回去，准备坐车回家。走出车站，发现入口没变，但外面已经是另一个世界。

7.赤溪

大风吹过教学楼，远处传来大风关门的砰击声，似是礼炮齐放。教室的灯光照亮了漆黑世界的一角，我不敢再往外看。黑漆漆的树林里似乎有什么东西在蛰伏。我忘记了要去哪间教室，于是先沿着楼梯走着，同时躲开疯狂上下楼的同学。渐渐地，我听到有间教室传来朗读的声音，有些熟悉。

赤溪者，东南大川也，古以神怪名。余慕其名，遂往观之。于馆得一导，姓宇，名锋，字信平，会于旋尾。既出村，行曲簸之路三日，方至青尾。青尾镇，扼姑瑶山隘，北为滕州辽原，南为沙塘官道，乃两郡通衢。青尾多商贾，以木棠符和古窑器名。亦有中国之霓裳羽衣，及外域洋货。龙刻石门气干云，梅印纱纸灯串明。锦绣九华赏圆月，莲入镜湖寻火星。

及余行至镇中，忽闻戏曲声，只闻其道："飞龙猛将踏空行，神国大军破天门。凌霜浴血威风凛，一人可当百万军！……"余甚奇之，"踏空而行"岂是凡人可为。锋答曰，"其歌者乃一猛将，姓穆，智勇无双。虽为女将，少有能出其右者，古来罕有。闻其尝乘飞龙，将兵三万，克敌七万，下要塞天门府'。余以为其为将门世家子，然则起于布衣。真欲亲睹此猛将与飞龙。道明，前路迢迢，不若先于此歇数日。"予领首应允。

时予闲游，为一贾止，乃一老姬。其挎竹篮，短褐。老姬言，有果，食之耳聪目明，巧捷万端，延年益寿。此果余闻所未闻，故不信，老姬遂取果以示。锋尝见此果，大惊，回身视之，问曰："汝索酬几何？""直银一百。"时廿六银可饭三民一月。

"汝可知，'贪买三元，廉买五元'？其真直此耶？"予问老姬。

老姬答曰："此果可遗汝，但须为我作一事。此果于我无义，然，守此物之妖，巨甲灵蛛，其丹于我有大用。汝等可去赤溪舍寻一伙计，名木白，其可为汝导。"

予阴问锋，其言灵蛛之丹可温养身体，青春容颜，世间稀有。

赤溪舍原在镇北盖五十里赤玉泉旁，以味名，今建于镇内。锋曰："既至此也，不如先腹。"赤溪舍，以赤玉仙鲤名，乃富豪流连之所。余奇锋尝来此地，其果未尝至，仅闻耳。锋费银七十购一仙鲤。候鱼烹毕时，锋问余曰："汝可知青尾之来历？"予不之。

锋曰："今青尾镇以北盖五十里，前有一水，深而不宽，常有薄雾，名曰赤溪。河畔水草丰美，以河之草养畜，易肥之。传此水有灵，然甚恶，舟人难渡。每有人渡，在渡中，遽起浓雾。雾散后，不复得渡者。"

"此非小事，岂能无人治之乎？"余问锋。

"非不治，多败矣。昔有人以金做斗，量九斛通天神木叶，以龙火焚之，欲做法祈神，然薪了不燃，后不得而终。一日，有人见一强者，持山河图，悬于空，以一青色流苏质赤溪，流苏坠地，而赤溪被收入图中。流苏堕处亦即后之青尾镇，传姑瑶山此隘，即为流苏击而成也。虽整河无遗，而临河之山坳有人见一赤玉泉，宽约九尺，深不见底。池壁嵌有赤玉，敲之起雾，并有赤鲤跃出。"

"赤玉泉为赤溪后身乎？"余问曰。

"有人以为然，抑或以赤玉泉即赤溪精之本。"

"是鱼可食耶？"余复问。

"可。言赤溪之魂已去，此泉仅为其魄一。"

"兄尝食此鱼乎？"

"未尝，然闻尝食此鱼者，能见异世之象。"

"幻象耶？"余奇之。

"非也，多言所见同一者。"

待鱼至，剥荷叶，见鱼赤橙如火魄日精。身长两掌，而尾长三掌。忐忑食之，入口即化，鲜嫩无比。

"此鱼又名轮回鱼，以赤玉泉与赤溪有轮回因果，沾了些异界气。"锋曰。

"兄何所见？"

"长滩大河，皓月孤星。汝不见？云有前世之人能见。汝非无前？"

"不知。"

"罢了，适膳之时已见过木白，须臾则行矣。"

青尾镇南四十里有一镇山古塔，年代未详，盖以镇群山之鬼。自塔去东盖十里，有一旱渊，传尝为赤溪支流。渊顶山岩有古足迹，俗言鬼王入渊。有诗云"太山不若南山远，一尺遮断白日天。鹰隼绕道猿猱惧，恐有冥王上九渊。"

予以绳系树，索降而下，费一时方至底。举雁牛火，徐徐而行。渊末为一穴，寒气喷吐。木白觉太过恐，不愿复导。举头视之，青烟蔽日，不复见天。崖壁阴寒，怪藤遍生。两人张胆进，锋道："若遇蛛，吾战，汝速取果。"

予不许。锋厉声以喝："此物甚凶，且群聚，吾仅能败一。汝速去速回。"锋遂开剑匣，出龙嗥宝剑，剑声摄人，剑光凌厉。锋举剑斩丝，高声呼喝，向一岐去。余凝神静气，灭火疾行。未几，见前有光。当时是，忽有物扫侧，其大如牛，余悚然。强复前行，见前有齐高之草，色猩红，其间有青炎跳。拨开草，见一果，其状如毒蛇翘首，色明金，布云文。取腰刀力砍，难斩其根。近来隐传窸窣声，余急，取地炎中利石斩，根断。欲离，却见锋且战且退，往此间来。

"此蛛不欲放吾出也。已得一丹，却为众蛛所围，方突之。"锋疾曰，又问，"得果乎？"

"已得，然今难离，奈何？"予问。此蛛名巨甲，八足带刃，铁螯带钩，腹被坚鞘，背布毒腺。体大如牛，敏捷胜虎。喷丝生雷，穿梭起风。能单能合，若真有王，亦即此也。

"退，至极不过一死耳，"锋道，复舞银剑，施剑法，聚重剑气，抑为一点，而一蛛刺。随即，见一蛛为气所伤，转身奔溃。然，旋复数蛛补上。锋急当其攻，旋择机反攻，招式连出。

"兄,速退,后有风,应有口。"余疾道。

锋提余,而后疾飞。群蛛在后追,然至一曲,竟不复追矣。

复行数十步,乃见一堂,堂上有黑古尸坐。余二人惧。然堂中古灯,见四周画壁。

"兄,此为汝言之乎?"予问。

锋在震中,无语。画壁高数十丈,虽古远,然色颇鲜。火爇之位亦颇有考,与画中光源契。东一为异界图,皓月孤星,荧荧辉动,滩长河广,野平原阔。一龙首精怪,独坐色紫枯木下,仰首视天。北为一斗法图,此怪与一黑影斗于虚空。虽是静物兮,然如闻黑影夺魂胁魄之声"赤,吾送汝入轮回。"赤手凝大日,欲碎黑影,然暗若无垠,速化赤攻为无形。西为一祈天图,雪山杭杭,赤水珊珊,巫师挥杖,百姓环舞,地升清辉,天降金光。南为仙人收河图,神力煌煌而视不明。

"兄,岂是黑尸即赤溪之身?"予问。

"如此,赤竟非此界之人,怪者之犹,未尽入轮回。"锋答。

"为何?"

"不知,此画虽多疑解矣,而又出多疑。吾不欲再多虑此画矣,此谜凡人不可解。"

复视殿,见四面空,惟古尸手持一玉函。

"兄,玉函可取耶?"

"不可。传取死人之物，必染大因果。"锋诚。

"嗟乎，吾不欲白手回。也罢，听汝之言。"予叹曰。

在殿后得一门，出时已是镇北，去赤玉泉不足二里也。

8.朋友

年轻的女孩儿坐在窗前，看着黑漆漆的海面。她抚摸着一只橘黄色的小猫，那是她唯一的朋友。她有着小麦色的皮肤，乌黑的头发，细而平的眉毛，水灵灵的大眼睛。她名叫冯钰姝，有人如玉，静女其姝之意。她的父亲告诉她，是时候嫁人了，他会给她一箱的珠宝作嫁妆。但是，她不想有人来烦她。多一个人，岂不是要经常顾虑别人的感受了。她想要做的，或是在房间里静静地看书，弹琴，或者，驾驶海船独自航行。两种方式，都能让她远离这尘世。小猫名叫金霞，取自它的毛色。不过，因为金霞谨慎的性格，常常无声无息地在屋子里出没，人们都叫它"惊吓"。金霞是很听话的，冯钰姝经常在傍晚的时候带它出去散步，这猫从来不乱跑。有时候也能帮她拿东西，或者捶捶背。

她的桌前摆着一封信，出自另一个海港帮派的某个年轻男子。她把台灯支架转了转，让它照着桌面。"星海无光因月明，梦中渐远唯丹青。愿闻玉人抚绿绮，一毛不若泰山轻。"冯钰姝摇了摇头，她看得明白，但是又如何。偶尔说说话不就是最好的关系，简单，纯真，才会快乐。

漆黑的海岛似是巨大的鲸鱼躺在海面上，几尾小鱼点着灯，从它身边缓缓游过。空荡荡的码头和栈桥寂静无声。这里实在是太偏了，最近的一个聚居地，也在三十多里外，以致连流浪者也不会来这里。不过，这些都是它虚假的外壳。离栈桥区三百步远的地方，有一栋废弃的四层高的港务大楼，一些窗户里透露出些许亮光。这里是六十五个人的家，或者说是老巢。领头的是一个浓眉大眼的中年人，看起来正义凛然。实际上，他倒卖的人口，连他自己也记不清了。这就是冯钰姝的父亲，冯思明。孔子言君子九思，但是他的父亲觉得，"视明"才是最重要的。此刻，他的对面站着一个年岁差不多的人。

"冯大哥，你我一别，终在此相逢。"男子抱拳行礼。
"刘老弟，我敬你一杯。"冯思明双手举杯。
刘元义接过旁人递上来的酒杯，和他遥遥碰杯。
"冯大哥，你家那闺女……"
"你想啥呢，他们年轻人自己的事，自己解决去。"

"不，我说的不是这事儿。"刘元义看了看周围的人。

"有何不能说的，这都是自己人。"冯思明皱了皱眉头。

"行，那我说了。还记得上次我的运奴船在东湾躲官军的时候，突然冒烟的事儿吗？"刘元义沉了沉脸色。

"你什么意思，你搁这儿给我摆脸色。"冯思明也提高了音量。

"根据我们事后的调查，你女……"

"住嘴！"冯思明大喝，打断了他，"你好好组织你的语言，别忘了，你现在是在我的地盘上。"

"冯思明，"刘元义直呼他的名字了，周围的庄丁们拿出了武器对着他，但是刘元义毫无畏惧。"我敬你是这道儿上的前辈，称你一声大哥。以前一起做买卖的情谊，说忘就忘了吗？你想想你手上的钱，有多少是光明正大的来路？现在你金盆洗手了，但是为什么来断小弟我的财路？"刘元义大声道。

冯思明揉了揉额头，没有回答。这能怎么办呢，赔钱吧，相当于认了。这不赔吧，又怎么收尾呢。

"冯大哥，"刘元义语气缓和下来，"你当年就是因为有很多人失业，开始干这行。现在失业的人更多啦，还有天灾不断。不去当奴隶，可能就饿死了。我们也不是什么大恶人。另外，我的背后现在是大洲财团，他们可谓一手遮天。"

"你在威胁我？"冯思明低声说道。

"哪敢呀，大哥。我只是在说，咱就认个错，就完事了。

大洲也不差这几百号人。小弟我是念着以前的情谊，才让大洲缓缓，我先来劝劝大哥。免得大洲出手没轻没重的，有个什么闪失就不好了。"

"哎。有钱真的可以为所欲为吗？"冯思明叹气道。

突然，刺眼的红光从窗户外照进来。远处，刘元义的车队次第升空。旋即，冲击波载着猛烈的巨响，捶打在每个人的心头。

一艘搭载有自动维修站、自动武器站、卫星终端、高级人工智能、淡水生产站、食品生产站和先进微型核反应堆的快船驶离了码头。年轻的女孩儿坐在舷窗前，看着黑漆漆的海面。她抚摸着一只橘黄色的小猫，那是她唯一的朋友。

9.月神庙

"滋滋。"电台调频的噪音十分刺耳，坐在旁边的几个同学按住了耳朵。

"滋……明日西北高原将迎来入秋的首次降温，西北瑾川，漓阳，新洛三省将摆脱高温天气。"

"天气预报。"班长翻了个眼，"调。"

"滋……诶呀，元帅，你可冤枉我啦……"

"这啥玩意儿？"班长无语，"我再调。"

"滋……拳霹雳，掌霆威，秋水轻剑落霞飞。云流出岫，杏叶飞袖，花开花落几度春秋……"

"我听个新闻就这么难吗？"班长拨弄着班级收音机。

"诶，就这音乐台，别调了！"几个同学嚷着点台。

"别闹，"班长头也不回地应道，换来一片唏嘘声。

"滋……今天是瑾川月神庙遗址专题报道的第二天，讲到这个月神庙，我们这里需要提一下《云中书》这部作品。"女主持人的声音传来。班长转过头，比了个噤声的手势。

"是的。"男主持人说道，"最开始的时候历史学家都以为这部作品是纯粹的杜撰故事，但是随着一些遗迹的发掘，似乎又有一些确证。比如说奔日峰古建筑群的发现。据《云中书》所写：'有仙临凡兮，建寺以为天目。大寺天成兮，立万丈之巅峰。瞰日枕月兮，举手摘星。密锁重关兮，回廊百转。烟霞迤逦兮，宫阙渺渺。赤鲤浮沉碧潭兮，鹤轻鸣于梧林。击金钟于朱门兮，飘道音于外云'，考古学家成功还原了大部分的建筑群遗址，并找到了钟楼和宣法殿所在。目前，天目寺已全面封锁，还在进行遗址的发掘和保护工作。"

"还有一篇《云顶仙居》，我记得是高中课文里的，不过目前这处遗址并未被人证实。考古学界认为，若仙居真的存在，有希望填补云山国历史上的大量空白。也有学者认为，所谓云顶仙居应是'海市蜃楼'现象，这倒也解释了为何千年来从未有人发现仙居所在。"女主持人补充道。

"且不说眼见都不能证实，我们还是很期盼这个月神殿的发掘。因为这处遗迹很像是《云中书》所描述的场景。说不定能获得更多有关的线索。"

"现在转接前方记者，看看现在前方的遗址发掘有什么最新进展。筱悠。"

一阵延迟后。

"好的，主持人。"一个被收音机略微扭曲，但是正气十足的青年女声传来，"瑾川月神庙是我国发掘的首个中古时代大型祭祀场所遗址。遗址主要有两部分，一是半没于山体与大地的大型建筑群，二是和天然溶洞系统的结合部分。昨天中都特派的洞穴探险队已经下到遗址下方的洞穴系统，其他各种技术人员和安保队伍也在陆续抵达。施工队正在抓紧建设营地，准备进行长期的遗址发掘工作。我们现在请项目总负责人，中古研究所的所长，秦荣教授来介绍遗址发掘的最新情况。"

"听众朋友们好，我是秦荣。自从我们接到线报，由于山体塌方暴露出了这个神庙后，我们对这个遗址进行了抢救性发掘。经过几日来的发掘工作，我们发现这个神庙遗址的价值是不可估量的。"声音停了停。

"简单来说，这价值体现在如下几点。第一，获得历史上的信息。在一些石匣内发现了一些保存完好的卷轴，加上各种器物铭文，可以看出大概有四种文字。古文学院和密码学院的同事正在加紧破译。这个遗迹和曾经发掘过的都不一样，可能会告诉我们历史上不为人知的一些故事。我们曾经认为的历史，可能会被确证，或是推翻。第二，文物本身固有的价值。目前已得到石像碎片九千八百多块，大小青铜器近六百件，还有众多的玉器和贵金属物品。它们流传至今，本身就具有价值。第三，艺术和文化的载体。我在这里说，听众朋友们可能是没有什么感觉。但是当你们亲临这个遗迹现场，看到这些五人合抱的巨大石柱，看到这些雕刻精美的器物，那种震撼，是图片和文字所难以表现的。等到我们完成了遗址得发掘，将会进行部分的开放，让公众可以亲身体验。"

"好，感谢秦荣教授的介绍。遗迹的开发预计会持续很长时间。至于地穴系统……滋滋。"

"筱悠？"女主持问道。

"这是？"男主持似乎看向了工作人员。

"目前转播信号似乎遇到了一些问题。"

"现在时间也差不多了，那今天的月神庙专题报道就到这里，后面的时间会交给其他同事。欢迎各位听众继续关注我们的月神庙专题以及本台的其他信息。"

10.成长

在一座依靠丘陵，面朝大海的阳光小镇，又一座温馨的医院。这天，他们迎来了第一个新生儿。孩子的父母已经快五十了，他们认识得很晚，犹豫了很久，还是觉得需要一个孩子。于是，后来通过许多医学手段，成功得到了这个孩子。他们喜出望外，觉得自己又迎来了新生。

"他有名字吗？"护士递过孩子，问道。

"就叫黎明吧。"孩子的父亲说道。

"合适吗？"孩子的母亲接过孩子，感觉这名字有点敷衍。而且，加上姓会有些奇怪。

"合适。"男人说道，"温暖而又充满希望。他的每一天，都会有破除黑暗的力量。"

然后，在出生证明上写下来"吴黎明"三个字。孩子出生后，母亲辞去了在镇子北边山谷里的生物技术研究所的工作，在家陪孩子玩。夫妻两人给孩子买了好多玩具。本来男人不同意，但是黎明一直哭闹，根本停不下来，男人烦了，就同意了。于是，玩具越来越多，而有的只是拿来砸一砸，就丢了不玩。不过，看着他把小卡车推着，一路碾碎房子时露出的笑容，两人都感到一束阳光照在心间，黎明的阳光。

黎明长得很快，到两岁的时候，他已经比同龄人强壮了。在幼儿园里，他通过强壮的手臂和强硬的手腕，获得了不少拥簇。他抢过其他小朋友的玩具，笑得十分开心，就像一个将军，不费吹灰之力，打下了敌军的要塞。谈判？不行。小口径步枪？不行。如果黎明知道，他会告诉你，800mm 的口径，百米高的蘑菇，深深凹陷的大碗，才是艺术。

"你们的孩子有暴力倾向。"幼儿园的老师告诉黎明的父母。

"不好动的小孩不聪明。"女人说道，"而且你看其他小孩，就不抢玩具吗？"她走去教师办公室的路上，就看到几个孩子在玩具篮那挤来挤去。"你们叫小孩像军人那样令行禁止是不可能的，而且，过度的压抑，只会让他们变得更暴力。我家的孩子是个男子汉。"

于是，黎明继续我行我素地成长。他勇敢，强壮，像一只猛虎。他只要说话，没有人敢反驳他。四年过去了，他到了上小学的时候。父亲想办法调动工作到了靠近小镇的一座三线小城里，接一家人到了城里生活。

适应环境？不可能的，黎明是最有生命力的，只能让环境来适应他。勇敢，强壮，父母为黎明感到自豪。黎明和朋友去郊区游玩。他们玩起了扔石子的游戏。胳膊挥舞着，就像投石机一样。孩子们把自己当成了一名了不起的炮兵。任何经过射界的敌军，都要沉重地打击。

"往黑夜里扔石头有什么意思呢？"黎明想着。于是，他带着孩子们去了另一个地方。在山的背面，时不时地亮起光。黎明觉得，这样，就会有人看到流星坠落的壮丽场面。黎明是最强壮，最勇敢的。在孩子们的赞美声中，他洋洋得意地回家了。

第二天，电视里的新闻播报了一个伤亡惨重的连环交通事故。警察根据现场痕迹做了分析，调查了监控，最后找上了门。

"他只是个孩子啊，你们有直接证据吗？"男人说道。

"这，他嫌疑很大。"警察说道，"这些天你们好好教育教育，我们会密切关注你们，并且继续搜集证据。"事发地周围很大一块地区都没有监控，警察也不方便直接采取强制措施。

"我们要不带黎明回镇子里散散心？"女人问道。

"你一天天在家里干什么？你看黎明干的好事！"男人扇了女人一巴掌，怒吼道。

"你才是什么都不做，我付出多少努力你不知道吗？"女人针尖对麦芒。两人不欢而散。因为警察的看管，到了年底，女人才带着黎明回镇子。但是男人越来越冷淡，也不想在过年的时候回去。

回到镇子后，黎明找到了父亲埋在老家院子地下的弩箭，又找到在镇小学读书的儿时玩伴，相约进山打猎。快乐的时光总是这么短暂，但是黎明是强壮的，勇敢的，怎么能像个普通的猎人一样呢。

"伙计们，别打猎了，我带你们去一个有趣的地方。"黎明说道。

一行人在黎明的带领下，来到生物技术研究所外围。勇敢的、强壮的黎明一箭射断了东边监控摄像头的电缆，在工作人员来到那里检查的时候，带着三个小伙伴从西面剪开围网，溜了进去。

"我跟你们说，我以前来过这里。"黎明非常得意，小伙伴崇敬的眼神，让他非常得意。"我不仅认得路，可以避开所有监控，我还摸来了我妈的员工卡。"

"你妈不是已经从这里辞职了吗？还没有注销？"有个机灵的小伙伴没有和其他人一样傻傻地点头，而是问了这个关键的问题。

"那些放着瓶瓶罐罐的地方是不能去的，但是实验动物供应培养区是基础权限就可以走的。"黎明得意地说道，他学了很多词语，而且学得很快。他很喜欢核心区里许多漂亮的液体，亮绿色，亮蓝色，亮红色等等，那是装在罐子里的彩虹。

"我一定要！我就要！"他在心里说道。他打开了一个关着实验动物的笼子，虽然是还没实验的动物，但是也触发了警报。他拉着小伙伴东跑西跑，进入了另一个实验动物培养区。在桌子上，有一个小盒子。里面放着他心心念念的漂亮液体。他把那个管子调了包，藏起来带走。

他没有再去过这个实验室。只是，在他七岁那年，听说这间实验室被封锁了。

勇敢的，强壮的黎明度过了平凡的十年。他没有怎么努力地学习，不过他聪明。几乎门门课都能拿 A，只是，还排不到顶尖。他看着那些门门课 A+ 的同学，感到生气。他想打人，但是，他突然感觉有些累了。一个人，毕竟还是打不了几十个人啊。

他在新闻上看到，这十年，世界上的失踪案越来越多。他感觉，乱世要来了。他感觉，兴奋，快乐。他想看看，乱成一锅粥的世界是什么样的。

黎明抬头看去，有两个月亮。一个是亘古留存的月亮，虽然缺了一角。还有一个，是正在建设的同步轨道高能维度实验空间站。

在黎明二十二岁那年，他拿到了空间站自动化机械工程师证书，来到了实验空间站的建设团队。他的队长给他提出了很多意见，但是黎明坚信自己才是对的。他的队长，总是提出矛盾的要求，就是故意刁难他。

在黎明二十三岁那年，他在空间站的一个角落生着闷气。他把装着工作文档和一些实验数据的手提箱往栏杆上砸。队长各方面都比他优秀，带走了团队的大部分奖金，以及他的梦中女神。黎明没有注意，他收藏在手提箱中的一个橙色小管飞了出去。黎明辞去了工作，回到了地表。他定居在同步空间站在星球的背面，他想远离这一切。他不知道，什么时候失去了

"勇敢"和"强壮"的特质。

没多久，黎明看到了同步空间站飘了，竟然又飘到他的头上。他往天上挥了挥拳头，拳头与空间站相碰的时候，他看到天上有两个太阳。一个是亘古留存的太阳，一个是爆炸的空间站。

11.清远客栈

窗外传来翅膀扑扇的声音。我觉得有一只肥胖的鸟靠近了我。转头看了一眼，竟然真的有一只鸟。

"这傻鸽子，真是守规矩。窗户开着也不会飞进来，"我心里想着，手在口袋里摸了一摸，找到一个布囊。把绳子解开，里面有一撮谷粒。倒在窗台上，趁鸽子吃食的时候解下它腿上挂的信件。鸽子看着谷粒两眼一直，专注地啄食起来。一封信卷在铁胶木汁凝成的革袋里，展开后散出阵阵墨香。

"道明台启。丰原一别，已是五载。忆隔光仪，递更节序。忆往昔，云游会诸友，饮酒抚鸣琴，言括四海，点画八荒，甚以为怀。闲言少叙，余近日入内河补，走漕运，遇一乞人当书，为一手札。余知李兄好游记志怪，觉得汝必喜此书，遂急抄于此。其书缺多，古字晦涩难辨，余整理如下。"

我翻过一页，那鸽子歪着头，等了一会儿见没人投喂，咕咕叫着踱着走了。

"'西海之北，有一古陆，渺渺瀚海隐其形，赳赳雷蟒闭其息，天威浩浩，险远难至。传此陆孤悬海外，民风淳朴，未有兵燹，余遂冒死渡海北上。'后几页模糊难辨，盖海上见闻之类。'及余醒转，已在一渔户家，渔父言村人已尽出搜寻，巡搜四日，未见落海之人，或殁于海难。……光阴瞬转，余养病一月，医药用度，皆由此户垫付。渔父未收余一文，言余已遗财帛于海神，渔父作为海的儿子，便不会再收余钱财。'限于篇幅，余不再赘述。若诸事顺利，明年春将自青桃澳反，当送此书于汝。此书之奇，在其末卷，文字遽变，余仅识'月神''封'三字，还需道明兄指点一二。今年远航收获颇丰，待明年归，再聚老友煮茗酌酒，闲叙星山。余白将尽，恕不多写，即问近安。谢雨山，万化四十一年五月。又及，舍妹晴川已能渔猎，上月获一笼明甲鱿，其味甚美，言必赠汝几只。已晒成干，寄至沙达镇清远客栈。"

"明甲鱿？"我感觉疑惑，似乎没有听说过。就在这时，木楼梯传来脚踏的响声。未几，传来敲门声。

"请进。"我说道。

"道明，好久不见。"一个青年男子推开门，作了一揖。

我一时想不起对方叫什么来。"请，"我伸手指向坐垫，然后给他满上一杯茶。

"你有几个名字？"我问道。

"何有此问？"那人疑惑道。

"同样的类别，有叫鱿鱼，小管，乌贼等名字。"

"莫打趣了，"青年笑道，"在下姓江，名昭，字谦，"江谦拱手道，"你这么一问，我想起了我们初识那会儿，我们送一批货，一起拼浊浪道人的船，你也是直接问我有几个名字。"

"是吗，我不记得我当时为何那么问了。"

"当时我们说起运营漕运船队的冯老板，他有大名，小名，字，自号，别号。哈哈哈哈哈。"江谦拍着腿，"之前有人要举报他，他对官员说，你们找浊浪道人，与我冯慎独何事？"

"对了，明甲鱿是什么？"

"你没听过？不应该啊。你怎么感觉愣愣的。"

"我最近老做梦，噩梦，"我说道，"总梦到一大片的黑云在追着我。"

"真奇怪，不过我不会解梦。"江谦说道。

"算了，说明甲鱿吧。"

"那可是好东西，浑身都是宝。"江子舆说到这，激动起来，"其壳骨能入药，虽为海产，却祛湿寒。其肉味美，既可蒸煮，又可晒干。尤其是晒干的明甲鱿，柔而不韧，硬而不坚，色泽明亮，九转清甜。"

我抿了一口茶，免得口水流下来。

"作为软体动物中的异类，明甲鱿相当好战，侵略性极强，"江子舆继续说道，"它们仗着一身盔甲利刃，祖上的隐匿变身技术都舍弃了，带刃的触手一甩，银骨枪鱼都讨不得好。成年明甲鱿总长略超成人手臂长，上岸了还能活跃至少一刻钟。没点实力的人只能看着流口水，而由于明甲鱿的触手甩起来势大力沉，又灵巧刁钻，就成了水兵新兵训练的必修项目。许多渔户也会用明甲鱿训练自家的年轻一代，以培养其斗天斗海的气概。在古代还有武道宗师学习明甲鱿的战斗方式，开创了鱿刀派，以善于缠斗强杀闻名江湖。"

我点了点头，表示明白。"先说正事儿吧。"我看着他，示意他先说。

"你相信有神吗？"江谦问道。

"不信。"

"有一处神庙有点意思，咱们可以去看看。"

"你说的不会是月神庙吧？"我问道。

"你怎么知道？"江谦感到有些意外。

"雨山给我信了，他也听说过。不过地点指向海外。"我说，"等等，你说的正事是这个吗？"

"不是，只是我觉得我们可以顺路过去。等到了商队的终点后，再……就是路程有点长。"江谦皱了皱眉，似乎也觉得这事犯难。"给，短期漕运契约。"他从背包里取出一份文件，"不用谢。"他说道。

　　我看了看启程时间，然后收好文件，拱了拱手。"浊浪道人现在还在尘世运营船队吗？"

　　"他呀，听说云游四方去了。"江谦摇了摇头。

　　"不知道为什么，我觉得我会消失一段时间。"我说道，"如果我三天后没来，就不必等我了。"

　　"这样啊。"江谦点了点头，"那我可以等你一段时间。到了瑾川，到大荒商行找我。"

12.护城河

　　夜深了，瑾川老城区浸泡在黑暗中。在树木的包围中，突围出了一盏路灯，照亮了十里长街的五米见方的一角。它闪了一闪，灭了。清凉的风是那么柔顺，没有惊扰茂密的树冠，也没有抚乱护城河的波涛。

　　"啊！"一声惨叫打破了寂静。

　　"扑通。"水面上溅起半米高的浪花。

　　"哈哈哈。"一阵笑声传来，"小河豚下去炸鱼了。"

　　"算了，拉他起来吧。"一个戴着眼镜的青年男子说道，"这水挺凉的。"

"你们也知道凉？"一个略微发胖，脸上长着一些麻子的男子被他们两人拉了上来。因为他的脸有些神似河豚，就得到了这个外号。

"小河豚，你不是应该待在水里吗？"一个细细胳膊细细腿儿的长发男子说道，"我就拍了下你的肩膀。你是自己下去的，胆儿真小。"

"竹竿人，我是给你面子，不然四个你叠在一起，也推不动我。"三个人打闹了一会儿，并没有心生芥蒂。他们只是过来玩儿的游客。

瑾川老城是有名的景点，在十多年前就已经评上了世界遗产名录。早些年，由于发展得很慢，城市人口长期保持在一个较低的水平，所以古城的城墙都保留了下来。另一方面，瑾川城在古代就是一个军事要塞，城墙按照当时顶尖的工艺和设计水平，采用优质的材料建造。即使在当下，要完全摧毁它，也不容易。后来，古城区成了重要的旅游资源，促进了瑾川城的发展。不过为了景观以及文物保护，老城区的基础设施并不好。比如说护城河，就没有护栏。岸边离水面只有三十厘米。财政方面也主要侧重维持低物价水平，没有很侧重治安方面。不过，瑾川民风淳朴，这几十年都没有发生恶性案件。

"喂，镜哥，前面怎么那么多人啊。"小河豚问道。

"嘘。"戴眼镜的男子摆摆手，让他们躲到阴影里，"情况似乎不太对。"

三人猫着腰，躲在树荫里。若是不仔细看，绝对找不到他们。当然，如果没有小河豚，另外两个比树还细的更难以被发现。

"旅馆就在前面了啊，我急着换衣服呢。"小河豚不满。冰凉的，湿答答的衣服贴在身上，站在夜风中很不舒服。

"别说话。"竹竿人又拍了下他。三个人安静下来，成为街道上阴影大军的一部分。

"扑通。"水面上溅起半米高的浪花。

小河豚转过头，看着两个同伴。眼睛似乎在说，"他们在学我？"

镜哥摇了摇头，"那是一个长条形的包裹，被人丢下去的。"

三人对视一眼，似乎明白了那是什么。

"这不可能吧？"小河豚有些颤抖地问道。他可能有点受凉了，又受到惊吓，再加上走了一天路，脚有点软。雪上加霜的是，鞋底还滑。小河豚一个没站稳，跌在了地上。他匆忙地想爬起来回到阴影中，刚站起身，却有点晕，失去平衡，再次跌入了河中。

"扑通。"水面上溅起半米高的浪花。

"谁，谁在那！"那群梳着各色各式头发的年轻人大喝道。他们也没怕的，不管黑影里是什么，提着钢管和砍刀就往这冲来。

三人都不会游泳，竹竿人和镜哥第一时间把小河豚拉上来，就开始往远处跑。

"等。等等我啊!"看着越来越远的同伴,以及越来越近的暴徒,小河豚使劲地把腿甩开。但似乎有人把他吊在了原地,怎么逃都是徒劳的。他感觉到了绝望。他的身体几乎要叛变了,可他的内心死死坚持住,疯狂地告诉自己:跑下去,使劲地跑啊。

竹竿人和镜哥也不是什么善于奔跑的人,他们也快不行了。但是他们没办法多想,自己都跑不过暴徒,怎么带上小河豚。他们一家家地去敲门,结果无人回应。

不,有人回应。关窗声和锁门声络绎不绝。

下坡了,三个人露出了笑容。他们跑不动了,于是就护着脑袋,沿着台阶,一级级地滚下去。身上都是泥,但是笑得很灿烂。他们离暴徒更远了,而且因为坡的盲区,暴徒从他们的世界里离开了。

三人互相搀扶着站了起来,镜哥拖着半死不活的小河豚往远处跑。他现在可能不能叫作镜哥了,因为他的眼镜早已掉落。不过,现在这情况,有没有也差别不大吧。竹竿人迈开步子追,却发现脚崴了。刚才麻了,没有感觉到,现在,只能一蹦一蹦地走。在这个年代,手机只有短信和电话功能,镜哥摸出手机,却不知道要告诉警察自己在哪里。他们只是游客啊。镜哥觉得,到处都没有灯,就是本地人,怕也能把自己走丢吧。

镜哥和小河豚也不跑了。他们等到了竹竿人。片刻后,暴徒们也围了上来。

那些暴徒和人很像。

镜哥觉得，他们的内心可能已经不是人了。

暴徒们举着砍刀和钢管冲了上来，没有一点要问话的意思。似乎，他们只和死人沟通。

三人闭上了眼睛。打，是真的打不过。已经尽力了。

"砰。砰砰。"三声枪响。

镜哥，竹竿人和小河豚捂着被震得嗡嗡响的脑袋，睁开了眼睛。他们都以为暴徒还有枪，直接把小伙伴打死了。他们转过头去，一个身着混纺长袖绿衬衫，头戴黑舌金穗大檐帽，脚踩乌黑油亮硬皮靴的警察站在身边。他几乎没有瞄准，又是四枪。直到空仓挂机的声音传来，他还在扣着扳机。

"没事吧？"竹竿人拍了拍警察的肩膀。警察转过头来，三人注意到，他的眼睛，和暴徒们一样，血红血红的。

三人吃了一惊，往后疾退。

"没子弹了。"眼镜男说了一声。

警察点了点头，极短的时间里换好了子弹，继续射击。只是，暴徒们更近了。最近的暴徒被打倒的时候，他的钢管已经把警察的帽子打飞。

"一起走啊。"镜哥喊道，但是警察毫无反应，仍然在疯狂开枪。不到两息，又是空仓的"咔咔"声。

三人互相搀扶着往远处走了。镜哥回头看去，那警察独自一人，一边冲锋，一边上弹。他的面前，是三十来个，四十来个，还在不断增多，从各个路口走来的暴徒。

"嗡。"停电了。整个城市彻底黑了下来。只剩下远处的枪声和开火的闪光。

13.月神的眼泪

傍晚，金色的夕阳。我站在一栋小楼的小院里，俯瞰大半个小镇。这座小楼，地势高。它的小院，相当于小镇大多数楼房的三层了。放眼望去，世界本应是三种颜色的。蓝紫色的天空，橄榄色的树梢，深灰色的瓦片。但是，现在被金色的暮霭朦胧了界限，染成了金色。别人告诉我，这里是大瑾帝国江北道榆丘县三泉镇。在大瑾帝国境内，这样平凡的小镇，还有成千上万个。

"他们在做什么？"我问一个眼神荫翳的男子。我不喜欢他，但是，这里所有人似乎都听他的。而我似乎迷了路，所以可能还需要他的帮助。这个男子自称名叫吴寂。最早，他也不记得自己的名字，只知道姓吴。可能是他中间一个音发得比较重，别人把"不记得"掐头去尾听成了"寂"。我对他表现出了适度的尊敬，没有干涉他的行动。目前看来，我们间似乎已经建立了基本的信任。

"他们在准备晚上的事，"他顿了顿，"大事。"

"什么大事？"我问道。

"你相信有神吗？"他问。我觉得似乎有些熟悉，好像谁问过我这个问题。

"不信。"不管谁问，我都是这个回答。

"很好。"他笑着点了点头，"过了今晚，我们就离这些糟粕更远一步了。"

我大概明白了，点了点头。我对此并没有什么感觉，教徒群体和我很遥远。我从栏杆看下去，有一队官兵走了过来。他们盔明甲亮，虽然只有五人，可给人一种锐不可当的感觉。

"吴提辖。"为首的一人对吴寂行礼。

"林校尉。"吴寂回了一礼，"里边儿请。"吴寂带着五名官兵走进里屋，我站在外面听着。

"大瑾的科技和文化一直是在前进的，在进步的，这种神神鬼鬼的落后文化早就要取代。"林校尉说道。

"英雄所见略同。"吴寂拱了拱手，"许多地方出现了各种神明的教派，阴行谋逆之事。某认为，这种宗教信仰和活动，都应该立即暂停，接受大瑾帝国的审查。"

"嗯。"林校尉点了点头，"你的人准备得如何了？"

"宣传队，突击队，破拆队都已经准备好了。另有七十人专门在镇子各个道路口维持秩序。"

"善，此事必成。以我等州府兵为后盾，以民众力量为中坚，当无往不胜。"

我没有再听，找来在院子里玩耍的孩童问问。

"你们有月神的信徒吗？"我问道。孩子们流露出害怕的神色，往后退去，连连摇头。

"别怕。我只是问问。"我蹲下来，笑着说道。同时，从兜里取出几颗糖，"谁来说说，月神教的教义是什么？就给他一颗糖吃。"

"日日敬月，朔望拜月，中秋祭月。"一小孩说着，拿走一颗糖。

"不是这个。"另一个小孩说道，也拿了一颗糖。其他孩子都在看他，"看什么看，我真知道。"那孩子急了，就不能先闻闻看吗。"人存悯念，是以有德。刚正不阿，是以无惧。黜贪节欲，是以心静。"他快速说道，断了其他孩子抢他糖的念想。

我点了点头，"那若是没有遵从教义，月神会降下惩罚吗？"

"不会，月神可好了。"一个小女孩说道。

"什么嘛。"另一个孩子不同意。"根本就没有神。"

"以前听大人说，如果不敬月神，晚上会被天兵天将打屁股。"

"啧，就你个泥娃子，还想天兵天将打屁股，天上的一棵草都看你不上眼。"

我把剩下的糖都给了他们，没理会他们打闹，去四处闲逛。

酉时，金色的上弦月。这个金行的时辰，月神主司的属性，除神的队伍出发了。

队伍浩浩荡荡不知多少人，灯笼汇聚成了一条条的溪流。民众的队伍敲锣打鼓，放着鞭炮，吹着喇叭。军士的队伍，吹着军号，举着巨大的大瑾帝国的皇旗和军旗。一路锣鼓喧天，一路刀枪林立。溪流向着小镇中心汇聚，那里是一座朴素的庙宇。庙门外，两名身着白色斗篷的神侍瑟瑟发抖，面面相觑。在内堂门口两侧挂着一副对联："上祈通达，心随月去尽忘机；下求无惑，遥取光来有正气。"横批"相由心生"。内堂里，洁白的月神像静静矗立。身姿曼妙，但是五官模糊。可就是这些许折线，就体现出惊心动魄的美感。

大潮往月神庙慢慢围去，但也有小溪，在从月神庙往相反的方向走。他们对峙了起来，渐渐被推到了庙前。一个背着大刀的老人挡在官兵队伍之前，那是最有气势的一个队伍。

"曹镇长，真要如此？"林校尉问道，"我说你上哪去了，原来是组织落后派去了。"

"林校尉，拆了月神庙，你说我们还要信什么？"曹镇长说道。

"呵呵。就凭你这反贼言论，斩了都不为过。当然是信我们陛下，"林校尉说道，"月神和陛下，你只能选一个。"林校尉说着，把腰刀拔出一截，身后的士卒纷纷拔刀。

"我跟你们拼了！"老镇长从背上取下大刀，冲了上来，跑出了他这个年纪不该有的速度。他的背后，还有十来个男女老少，拿着长棍，铲子，和草叉子。

"啊！"一个士卒大喊一声，倒了下来。他的背后插着一把军刀。

"扑通。"这是人头落地声，那个捅死自己人的士卒被林校尉枭首。

"不能没有月神啊！"一个士卒大喊着，往周围的同伴砍去。很快，他就被长枪钉在地上。动乱很快就被平息，没多久，军队赶到了庙前。白袍神侍的武功还不错，两个人打趴了三十几个平民。见到兵卒围上来，他们犹豫了一下，丢掉了手中的铁棍，跪在地上。曹镇长从这里离开的时候交代过他们，如果自己没能活着回来，他们也别死守了。

两人被绑着带走了。

民众敲锣打鼓地进了月神庙，神像的头被砍断，丢在了地上。

有人对着神像撒尿。有人偷窃游行群众的财物。有人冲进旁边的房子搜查，顺便带走几个漂亮女人。

人群散去了，吴寂走在人群最后，嘴角带着笑。我回过头去，依稀看到，神像的脸上，似乎有泪水。

14.蒙面人

我揉了揉脑袋，从清远客栈的床上醒来。这家亲戚开的客栈，我可以随便住。一般都挺好睡的，只是最近似乎梦有点多。我忘记刚才梦到什么了，只是似乎有"月神"这个词在重复。今天睡得太早了，现在还没到子时。沙达镇是没有宵禁的，我打算再上街转转，看看有没有什么夜宵吃。沙达镇有个直通海港的内河港，常有各种各样的人，因为各种各样的原因来到沙达镇居住。这种人，我们当地人称之为"蒙面人"。这些人，往往使用假的名字，用假的表情，掩盖他们的过去和内心。清远客栈的店小二苏建文就是这样一个蒙面人，是亲戚在外地接济的一位江湖人士。他年纪不大，但是厌倦了刀尖舔血的生活。在一次任务重伤后，被亲戚救下，于是来到店里做着小二和安保的活儿。

我和小二知会了一声，挪开木板走了出去。许多店铺都已经关门了，不过还是有一些小吃摊还在营业。本来下午要坐船走的，我不记得去干什么，只是我看到包里的契约，想了起来。

船老大却通知我临时有事，不再履行协议。他支付了我一大笔违约金，我却高兴不起来。我感觉，有错过什么要事的危险。我现在很需要想起些什么。

我沿着长街往南走去，我记得那里有一个叫"雾里灯"的包子铺，开到很晚。很奇怪，这种小事儿倒是记得。也许是因为，那里的小笼包很好吃。我转过一个弯，看到了那高挂的灯笼。来得正好，这个点买小笼包的真不多。我提着小笼包，往码头走去。

"哐当。"一个响声回荡在没有几个人的路上。我顺着声响看去，三个凶神恶煞，穿着粗布大背心的彪形大汉和两个头梳高髻，衣着整齐，丰神骏逸的清瘦男子对峙。刚才的试探性的推搡中，某人撞掉了桌上的一只碗。双方似乎谁也不让谁。我不能一言断定是非，这本不对，尤其是在沙达。

"你们两个小娘子，看着出身不凡，怎的还吃起了霸王餐？"一个大汉质问道。

"你们不认识小爷，小爷我可以理解。毕竟不是什么地方，都有人识字；不是什么人，都有娘一样。"一个清瘦男子说道。

"长得人模人样，说话是臭不可闻。今天你大爷就把你锤扁在这里，看你再神之胡之的。"一个大汉说着的同时，一拳就把那个口吐狂言的清瘦男子打得飞出去五六米远。大汉可谓粗中有细，这一拳没有把人打到桌子，而是直接飞到街上。

清瘦男子摸了摸缺掉的门牙，脸变得极其难看。站起来想要继续骂，同伴把他拖住，在耳边悄悄说了什么，可能是"来日报仇"什么的吧。那男子擦了擦嘴上的血，从袖袋里掏出一大把饭钱，使劲拍在桌上，转身离去。

"多谢各位好汉！"面馆老板对着三人拱了拱手，"我给各位免费添上一个煎鸡蛋和一块卤豆腐。"

"小事儿，"为首的大汉摆了摆手，"我看你这儿还有些酒，顶塌儿的来二两，我们付钱。"

我继续往码头走，那两个清瘦男子也往码头走，真是巧了。不过，他们就是闷头赶路。不像我，时不时地进个店买个串儿，买杯清茶什么的。有几家店，经常来，和老板熟。这快靠近收摊时间，他们也会做些促销活动。

我和茶叶店的金老板寒暄了一会儿，走了出来。看到那两个清瘦男子堵住了一个清秀的小女孩儿，不时吐出污秽之语。我看四周还有人想要帮助小女孩的样子，就没想靠近，省的被动蹚浑水。

"你们这些人蠢蠢欲动的是要做什么？"缺了门牙，说话漏风，但是嚣张态度丝毫没有缩水。还是那个味儿，就叫他漏风男吧。他继续说道："再次强调，小爷家父是州首府南澳城排得上号的富商。你们去打听打听澳海商会就知道了。我有的是钱，足够把你们的命都买下来。你们可想清楚了。"

"就是，"他的同伴补充道，"我们看上谁，就是谁的荣幸。还轮不到你们插手。在南澳，多少人排着队等着呢。"那人露出得意的颜色。我希望他一会儿成为漏风男二号。

两人说着，开始拉扯那名女孩儿。旁边的人握紧拳头，有人往前迈了半步，脚悬在空中，又收了回来，甚至还后撤半步。更多的人则是掉头就走。

"别走啊，救救我啊。"女孩大哭起来。这一哭，旁边走的人更多了。我开始犹豫。奥海商会是一个跨国大企业，有数十条大型远洋海船，小船不计其数。听说和一些海盗都有合作，恐怖得很。

我感觉身边一阵风吹过。一个黑衣人如一只鹰，落下，又飞起。那两个清瘦男子倒在地上，失去了气息，目光中满是惊愕。周围的人散得更开了，有人往码头狂奔，似乎是去报信儿。很快，码头跑来大批民兵，要把黑衣人和女孩儿都抓走。城里的警钟响了，大批军士从镇子外赶来。黑衣人冲入围堵的家兵中，所向无前。打斗的时候，兜帽被挑飞，露出了女式的发髻。她有着细而平的眉毛和水灵灵的大眼睛。突围的时候，她的背囊被挑破一角，一个玉佩掉了出来。她没有注意到，带着女孩儿一路打着过去，往码头去了，越走越远。

人群散去了，我捡起了那枚玉佩。那是一只兔子，看起来很眼熟。

15.轰炸

我摇了摇迷糊的脑袋，揉了揉眼睛，又打了个哈欠。算了，还是有点儿晕。

"喂，导航员，你怎么醉醉的？"一个穿着深蓝色紧身制服的人拍了拍我的肩膀，他的头盔面罩拉了上去，露出个嘴巴。他用匙子打了一勺蓝色的膏送进嘴巴。

我看了看面前的不锈钢餐盘，食物吃了一半。这些食物，不过是各种颜色的膏挤在板上，看着像一个调色盘。我没有吃，这看着就不像人吃的。

"我没事，只是受到了信息的冲击。"我说道，抬头看向全息投影屏。

"没事就好，我们要随时待命，现在……"后面的我就没听清了，我正专心听着全息屏播报的新闻。

"现在本台播报最新消息：同步轨道高能维度实验空间站于昨日发生剧烈爆炸，形成五个巨型结构体和大约七亿九千万个可观测到的碎片。巨型结构目前还在燃烧，其中 2 号结构体，也就是实验装置所在的结构，其亮度已经接近地表观测到的太阳亮度。至于实验站爆炸原因暂时还不能公开。目前，爆炸碎片已经散落在整个外层空间，一些耐热以及大型结构体理论上将会坠落到地表。虽然有近地防御系统拦截，专家建议这些地区的民众减少不必要的出行。现在播报危险地区名单……"

我不想听那些稀奇古怪的名字，实际上听了也没有用，因为都是代码编号，只是有不同的发音古怪的前缀。这个无聊的空当，我打起几块膏状物，出乎意料地好吃。

终于，一长串的地区名单播完了。"现在请本台特约嘉宾王岩山博士对这次事故做一个分析。"

一个中年男人的头像被全息投影在空中。

"好的。这个实验站我就不介绍了，可以说是家喻户晓。至于这个实验站的安全性，我算是有发言权的。我是现任安全评估专家组的组员，负责生物安全系统这块。这个组参与小型原理站和扩大化试验站的安全标准设定和安全评测。在这个实验站的建设中，我们安全评估组也一直在跟进，也反复检查过很多次，对各类具有安全隐患的地方都反复测试和整治过。这是一个汇聚各行各业专家的团队，我们有近万人和最先进的计算机，人工和人工智能分别排查，以及人机综合排查。"男人停顿了一下，继续说道，"我在这里说这么多，主要就是要告诉大家我们安全评估组的权威性。真的，我们面临着很大的压力。我的很多同事知道我要来这个电视台，都告诉我，我们安全组的所有人都是尽职尽责，问心无愧的。出了这么大的事，真的我们压力很大。"男子抹了抹眼睛。

"王博士，我们对你们的工作是信任和感激的，"主持人安慰道，"我们很多观众朋友就想知道，这次事故在专业人员看来是什么一个情况，毕竟现在都要靠地表中继站保持信号，对大家日常生活还是影响蛮大的。而且这个工程也是耗费巨大是吧。"

王博士点了点头。"我们在昨天下午三点半的时候，收到了实验站的紧急求援指令，BA 一级，也就是生物危害 A 一级，这是最高级别的。实验站当时按照生物武器防御指南的要求进行了操作，具体我不能说。然后我们安全组和地勤，包括总指在接到指令后都调动起来，安排了采样航次的发射，以及在轨武装舰队的轨道转移。但是我们没有想到，在他们发出指令之前，就有人乘坐救生船去了轨道观测站。还有一个没想到，就是他们发出指令后，却不接受我们在地面远程控制实验站，并进行许多破坏活动。等我们找到后门后，已经从硬件上断绝了我们操作的可能。"

"你是说，是实验站上的人引爆了这个实验站吗？"

"我没有直接证据，不能做这个猜测。也许他们都是受害者。目前我们已经控制住了轨道观测站，他们是我们调查这次事件的重要依靠。具体结果，目前我还没有收到消息。"

"好的。那王教授，可否介绍一下实验站上的生物安全系统？"

"可以。"男人点了点头，"我们在设计之初，就考虑到了生物武器袭击的可能性。我们有许多防御手段比如大分子排斥屏障，生物活性物质扫描探头，分区的换气系统和微生物检测系统等等。我们采取了模块化阻挡，检测，隔离，以及分级消杀的设计。并且把生物安全系统和空间站整体防御系统，自动化系统和气密等系统联合设计。每个人也植入有健康状况监测芯片，一旦有情况不对，这个人会被及时隔离。还有……"

屏幕信号被切断，转换为缓慢旋转的军徽。刺耳的警报声传来。

"紧急集合！全体轰炸机组成员前往备用机库。"一个平静的毫无感情的女声传来，重复了好几遍。

我面前的人放下餐盘就跑，跑出几步发现我还愣在原地，倒回来拉住我跑。

"你傻啦，这是紧急集合！"他吼道。

"我只是有些吃惊，竟然用到备用机库。"我没说实话，实际上我都不知道什么机库都是在哪里。

"我也吃惊，那些都是存放过时战机的地方。听说有些比我们当时训练用的教练机还老。"

"你拉着我跑吧，我看一下任务简报。"我说着，脑海里呼唤个人电脑。眼前投影出一个屏幕。

"你还投出来，转语音啊。"他喊道。

我点了点头，默想"语音"，语音播报开始。

"在轨观测站出现陆战队不可处置事故，同时失误开启了能量护盾和自动防御武器站。目前失去和在轨观测站的联系。
任务：在空间站落地前将其炸毁。注释：由于技术原因和任务
急迫性，目前只有老式轰炸机有机会完成本任务。"

我们很快跑到了代步车停放点，坐车赶往机库。没几分钟，
代步车就驶入了机库。三层楼高的轰炸机排成四列，长度绵延
数公里。轰炸机的北面帮着一支助推火箭。这种老式轰炸机，
可以发射老式鱼雷，使用化学能炸药，支持预装订坐标和使用
简易电子机械导航和起爆装置。不像现在常用的聚合能量鱼雷
和暗物质炸弹。能量护盾挡不住铁疙瘩砸下去，偏导盾也对这
种大质量固体没办法。

我在机舱里见到其他的成员，他们都在抓紧时间熟悉这种
老式轰炸机。

"投弹镜，竟然有这玩意儿。"投弹手抱怨道，"所有人注
意，弹舱开启。弹舱已开启，接近，接近，等待，保持航线。"
他默念道，"投弹完毕，交由驾驶员指挥。"

"有这么简单就好了。"带我来的那男子说道，他坐在机长
位上，"导航，你整明白没？"

我没有回答，对照着说明书检查一个个机械表的初始状态，
然后忙着把数据链系统，地面导航系统，辅助投弹路线规划仪
等电子系统开启，并分别检查它们的工作状态。然后对着手册
熟悉操作流程，再查看各种应急情况的处置。

"轰。哐哐哐哐。"后备机库的开启方式也非常古老。一架架轰炸机被牵引车拉到跑道，以波次排列。

"机长，航道信息已输入。"我喊道。

"收到，"机长说，"你别喊，麦的开关在你左边耳机上。"

我往窗外看去，一架架轰炸机升空了，向着天上的两轮太阳飞去，就像是飞蛾扑火。

"你是不是有点紧张？"机长问道。

"是啊，有什么办法吗？"我说。

"给。"他丢来一个小盒子，上面写着"机器人专用营养膏（蓝莓味）"。

16.封锁

"各位听众朋友们，现在是午间新闻，欢迎大家的收听。"一个抑扬顿挫的中年女声传来。我看了眼摆在沙发上的收音机，然后转过头，夹了口空心菜吃。

"10月2日，联邦工业部部长单玄同参观了电信设备厂商，山丹电子的研发基地，慰问了参与无线网络基站研发的科技工作者。"

　　"单玄同指出，新一代的通信系统将大幅改善民众的生活水平，提高通信效率，并且在促进社会生产，改善治安水平等方面具有重要的社会意义。单玄同强调，当今世界处在快速发展的阶段。科技工作者应当紧密关注技术动态，扎实基本功，努力学习，大胆创新，争做时代的弄潮儿。单玄同表示，民营经济是市场经济最富活力、最具潜力、最有创造力的重要力量，鼓励民营企业家大胆参与市场经济，同时国家将进一步提高对民营企业的扶持力度。"

　　"10月2日，资本家论坛在首府特区召开，多名经济学家表达了对当前资本主义社会经济健康水平的担忧。著名经济学家，特区大学教授宋川平先生指出，当前经济存在市场混乱，税务监管漏洞多，非理性价格抬高等问题，并对当前降低准备金率的政策表示担忧。宋川平等学者认为，当前经济已出现金融危机的先兆。对此，联邦央行代表表示，会重新审查当前的资本市场，并更新经济策略。不过，联邦政府是否参与以及多大程度参与市场调节，还需要经过议会和国会的听证程序才能决定。"

　　"10月2日早上九时三十三分，瑾川月神庙遗址考古发掘现场发生重大生产安全事故。地下输氧设备和焊接用燃气罐发生爆炸，目前已经停止了考古现场的发掘工作。据悉，爆炸造成了一百二十二人死亡，同时还有四十六人失踪。目前，地表建筑完整度只有发掘之前的十分之一，但是地穴系统受损程度很低。目前救援队已经进入地穴系统寻找失踪人员以及检查是否有被困人员。考古和历史学界强烈谴责施工承包商'顶峰建筑'并已提交请愿书，希望联邦提起公诉。一审审判将经过至少三个月的联邦调查以及三个月的社会公证再加上时间不限的辩护和听证环节。若罪名成立，该公司将面临可高达一亿联邦币的处罚。目前，法律界人士认为，最有可能成立的罪名应该是'破坏联邦重要资产罪'。"

"下面播报几则快讯。"

"10月2日上午，历时十二年修建完成，一百九十公里长的盐湖—清泉快速客运铁路线举行竣工典礼，联邦铁路局副局长莅临现场祝贺。"

"10月2日下午，漠州州法院就洛蚩非法并购案做出二审裁定，罪名成立。同时，调查到洛蚩有私自钻探石油的经历，以'破坏国家矿产资源罪'定罪，二罪并罚。洛蚩称，想要效仿祖上洛蚩乐垄断炼油业的行为发家致富。漠州州立大学金融系教授项知礼表示，过分垄断会挫伤资本投资热情，造成投资市场低迷。另外，大垄断企业也会给腐败和行政垄断创造温床。当天傍晚，漠州首府清泉市民众举行大规模集会，声援洛蚩，支持洛蚩实现梦想。"

"10月2日下午，邮递员发现瑾川西北地区一小镇全员失踪。当地警方已申请联邦调查局支援，同时表示群众无须担忧，很可能是集体郊游活动。"

"10月2日，盐州与瑾川交界处的盐湖城出现大雾，交通受到严重影响。"

"10月2日晚，瑾川城老城区发生重大社会治安案件，联邦调查局和特勤局已经派员前往调查，并封锁瑾川老城。当局表示，请民众尽量避免前往瑾川。"

"10月2日晚，联邦多地继续进行电网改造。由于资本家的联名反对，改造时间由白天推迟到了晚上，以减少经济损失。目前仅五分之一的州完成电网改造，预计全国范围内的改造完成共需要三周的时间。联邦警局表示，希望民众在断电时段避免不必要的出行。"

"10月2日晚，联邦法院大法官联席会会员华雨女士宣布退休，联席会表示会保留华女士名誉会员身份。华女士表示，这些年处理了太多奇奇怪怪的问题让她感到心很累。比如帮未婚先孕又分手的女子要回财产，帮助小文员向未违反劳工法的上司追讨加班费等等。华女士表示，希望各位民众注意协议、合同等文件的审查和保存。若无协议冒险，请自行承担风险。华女士对目前世风日下的局面深感担忧，因此选择从法律行业退休，转入自由媒体行业。本台已与华女士签约，将在下周开始为期五天的普法栏目。"

"10月2日晚，松州首府松山市发生大规模流血冲突事件，已造成三百一十二人伤亡，直接经济损失两千余万联邦币。示威群众就松山市的新版城市规划产生分歧。反对者表示，密集的高楼和高架桥把城市分成了两极，将会成为邪恶滋生的土壤。支持者表示成功人士就该和失败者区分开来。目前两方的冲突已经被松州国民警卫队制止。松山当局宣布实行为期三天的宵禁。有民间观察人士表示，10月2日发生的暴力冲突事件所在地，松、盐两州都与瑾川接壤，怀疑与月神庙遗址有关。专家表示这是无稽之谈，数据显示9月到10月的暴力事件并没有明显增长。"

"喂。"恍惚间，似乎听到有人在喊我。我转过头去，却什么也没看到。

"谁？"我对空气问道。

"我是琉小兔。"一个稚嫩的声音出现在脑海里。

"琉小兔？有事吗？"我觉得我可能是傻了，但还是顺口问了一句。

"我是月神庙的吉祥物。"它说道，"还有好多类似我这样的小兔还在月神庙的地穴里。"

"这，你想做什么？"我感觉有些不妙。

"把它们带出来。"琉小兔说道，"它们本来镇压着'妖邪'，但是被邪恶的'梦游者'禁锢在了月神庙里。吃了它们，'妖邪'将获得更强大的力量。"

"我觉得你是在开玩笑。"我说道，太过于匪夷所思。我想了想，感觉琉璃兔子能说话，似乎，也可能是真的。"我觉得你说的是真的。"我纠正了一下，"但是那边已经封锁了。"

"你自己想办法吧。"琉小兔没心没肺地说道，"我只是一只吉祥物啊。"

17.无名的委托

我坐在清远客栈的阳台上，泡着一壶茶。对面坐着一位戴着浅蓝色面纱，梳着倭堕髻的年轻女子。乌黑的头发，细而平的眉毛，水灵灵的大眼睛。她的相貌让我想到李白的诗句，"清水出芙蓉，天然去雕饰"。在她身旁是一个梳着圆髻的女孩儿，以白纱遮面，正是那天被她救走的那个。

她们没有说话，就坐在对面看着我。我感觉心下有些发毛，给她们倒了两杯茶。虽然不觉得她们会喝，不过和有没有就是另一回事儿了。我转过头去，想了想，好像想起来什么。我摸了摸口袋，取出一个兔子玉佩，放在桌上。

蓝纱女子左手接过，右手把雁翎刀推回刀鞘。

"我不记得这东西是怎么来的了。"我揉了揉脑袋。她没有说话。

"那些围堵你们的人呢？"我问道。

她看着我，做了个抹脖子的动作。

我点了点头，我想说报官和搜集证据之类的，但是我不了解她。一个杀伐果断的人，还是不惹为好。我把茶杯端起一口闷，压压惊。"上兵伐谋，下兵伐交。"我看着她建议道。

"你是写《云中书》的李道明？"蓝纱的女子没有接话，问道。

"是我。"

"怎么证明？"

"我找找。"我打开笔记本，随便翻了一页。这个没有产权法的世界，真是有些危险。

"《羲和殿》：褐衣白首翁，拄杖踟蹰行。问其何所来，西山锦阑村。问其何所去，东原羲和殿。卯时日升酉时落，百世千载不曾改。日日都得见，何须太阳殿？瞳瞳太阳如火色，上行千里下一刻。出为白昼入为夜，圆转如珠住不得。开天划地分四季，催发新芽融冰河。纵使日日复日日，日日感怀在心间。选取龙潜麟游地，营造千丈羲和殿。殿成霞光落九天，龙嗥凤吟落山巅。日藏池沼月沉溪，云落苍原雪雁栖。三寸枯叶入雷渊，风虎云龙掠山脊。巍巍阊阖出孤岩，星辰在上云在下。艳阳净空照万方，宝殿玉堂耀八荒。增冰峨峨，飞雪千层。赤龙百转，九首嗥天。赳赳金乌落金梧，虬虬青龙攀青栊。宫即冈峦披绣闼，楼俯川泽雕飞檐。更行千里地，一睹神殿光。不求神祇降恩泽，只愿一抒心头念。"

她点了点头，问道："你是不是去过？"

"没有。纯属虚构的。"这我记得清楚，"有时候做梦，有些灵感。"

"你很爱白日做梦吗？"

"这，话也不能这么说吧。"我感觉有些尴尬。

"那可惜了。你写的这些，我感觉有些熟悉，似乎是真实存在的。"

"是吗？不错，有读者的认可。"我喝了口茶，口干了。"姑娘怎么称呼。"我问道。我不记得她什么时候出现在面前的，似乎，我一睁眼，就是现在这个时候。

"我没有名字。"她说，"名字都是假的。本我无名，又何必起个名字限定自己呢。"

"那就叫你无名吧。总得有个称呼。"我说道，她没有反应，算是同意吧。

"你过来，就是要回兔子吗？"

"不，这个兔子，不是什么人都看得到的。"她看着我，目光锐利，"这说明你是个梦游者，还是高级梦游者。"

"我不梦游。"我摇了摇头，但想想每次醒来似乎在不同的地方，又没了底气，"多数情况吧。"我补充到。

"你是不是想知道梦游者是什么意思？"

"你说吧。我觉得我们的定义不一样。"

她点了点头，说道："这小兔子告诉我。你什么眼神，我没疯。"

我无奈笑笑："请继续。"

她继续说道："在这个世上存在梦游者，他们能看到神明的吉祥物。比如月神的兔子。不然你觉得，一个精美的玉佩掉在人群中，绝大多数人会视而不见吗？"

我点了点头，表示同意大多数人看不见这部分，但是神明。"为什么是神明？"

"小兔说的。"

我无言以对，我又不能把那小兔提起来审问。她说什么就是什么吧。"然后呢？"我问道，我感觉事情并不简单，"你也是梦游者？"我补充了一个问题。说出来就后悔了，这不傻吗，但是实际上她还真不是。

她摇了摇头："小兔说我不是，但是她也不说我的身份。她说人当守本心，勿受外物、名利所困。我知道得越少越快乐。"

我同意这观点，点了点头。"我想知道，你过来是有何事？"我再次重复了这个问题，心里希望她不要再转移话题了。

"我喜欢自由自在，不想给自己设定什么目标，所以有些琐屑的小事需要你去做。"她淡淡地说道，气场拿捏得很好。

"这。"我有些无语，"你可以在镇子上的雇佣中心发布雇佣信息，我们按照劳务合同合作。"

"你这人怎么这么死板。就这么定了。你要尽快完成月神庙小兔子的救援，以及探查五行大陆五座神庙的状况。"她瞪了我一眼："少废话，就这么定了。"说着，两人起身离开了。

"喂，什么情况啊？"我起身喊道。

"只有你能在每次醒来发生过的事中，保留下一些线索物品或只言片语。"她说道："我们所有人的记忆在关键段都会被清除，只有你有机会想起来。我们所有人都被蒙在鼓里。"

她转过头去，很快就走过转角，彻底消失了。似乎从来就没有出现过。

"那我怎么联系……"我正要问，只能咽回肚子里去。

18.水族馆

万里青金石，千丈白玉池。白羽随风上，鸣转九天里。日头正高，我坐在遮阳伞下，慢悠悠地吸着果茶，看着蔚蓝大海。这海，似乎可以就这样一直看下去，时间在这一刻似乎是静止的。

一张广告单，被风带着飘到了我的桌上。"岛上最大水族馆正式开业，首日凭此单免票"，我顺着往下看，广告单上印着大画幅的水族馆大厅图。整个大厅环绕着十八块数十米高的玻璃幕墙，十八个巨型标本箱。在第二层，还有至少六十块约五米高的玻璃窗。翻到背面："首创大截面水生动物观赏体验。独创玄幻氛围，包含三大明星场景（魔鬼深渊，幽暗深井，邪恶沼泽），独家引进传说生物，独创射击挑衅活动，引爆妖怪的怒火，感受魔鬼的咆哮和深渊的注视。本馆展区所属生态类型十分全面，包含溪流，湖泊，江河，河口，潮间带，珊瑚礁，深海，以及红树林。"

我觉得，有点意思。于是拿起果茶，直接就寻路去这个水族馆。我看向四周，才发现，路上人很多。许多人不是在去水族馆的路上，就是从水族馆出来。

我满脑子幻想着这个水族馆，不知不觉间就已经到了。大厅和宣传单一样，十八个水族箱都是空置的状态。

主持人从二楼飘然而落。"欢迎各位来到山海水族馆，由于是开业首日，我们将从十八件神话水生动物标本中抽出六件展示。"

台下传来嘤嘤嗡嗡的质疑声。主持人毫不在意，继续道："我注意到好多朋友已经有些迫不及待了，请各位稍微忍耐一下，我们很快就会看到今天出场的六位神话水生物种标本，另外十二件将在后续两个月内完成展出。好，现在我们正式开始。"

主持人一打响指，地面上升起一架三角琴。一位身着华丽黑色礼服的女钢琴家开始弹奏奇异空灵的乐曲。一号水族箱缓缓移入大厅正中央。

"我们的展示柜采用最先进的空间构造技术，将会直接把标本库里的标本传送至展示柜中，并进行尺寸上的增大或减小。现在开始随机抽取一样标本。当然，我们不能保证一定会是神话生物"。主持人擦了擦手上的水晶球。

"看看第一个出现的会是谁。"整个大厅变得一片漆黑，一束光照在主持人举起的水晶球上，里面出现一个长蛇的身影。随即，光束消失，然后从正上方照在巨大的玻璃箱上。

"这不好猜了啊，来来，朋友们，你们猜猜会是谁，猜对的会得到随机生物残骸，嗯，是在骨骼，鳞片，毛发中的一样。"

主持人做了一个倾听的动作："嗯，蛟龙，不错。还有吗，鸡蛇，化蛇，虎蛟，鱼巢，贝希摩斯，诶？谁说的尘世巨蟒？恭喜这位朋友，获得最佳想象力奖，奖品是一根普通的孔雀羽毛。我跟你说，这羽毛的来历不简单。这可是来自孔雀大明王第一百多个谱系外的成员。"主持人摇了摇手上的羽毛。一名穿着黑色西服的工作人员拿着一个礼盒上来，把羽毛收好，交给那名游客。

"各位，我们的技术暂时还不足以展示尘世巨蟒。其实刚才有人已经答对了。我们来看看。"水晶球被往上一抛，没入一束光中。随即，场中央空荡荡的展示柜里出现了一条青首黑蛇，展示柜下方有一头成年大象的图标作为尺寸参照。"这就是巴蛇，为尧所斩杀。此蛇生性贪婪，有诗云'长蛇封豕唐藩镇，社鼠城狐汉宦官'，那位答巴蛇的，可以获得一个巴蛇，远亲的鳞片。"标本看上去完全是真实的，一点都没有投影的虚无感，甚至还保留有上古凶兽的威压。我看着它，仿佛面对着一个比大山还高的生物。

"一会儿大家会有时间仔细看，我们来请下一位出场。"主持人还是老操作，举起一个包着黑影的水晶球，这个黑影有很多触角。

"来，竞猜环节。克拉肯，哈弗古法，克苏鲁，尤格·萨隆，九婴，相柳，何罗鱼。好，我们来看看答案。"

伴随着苍茫的咏叹调，四号展示柜移了出来，一阵闪光，出现的是巨型章鱼，图标也换成了蓝鲸的形象，仍然是一个小不点图标。

"这是西方传说生物克拉肯，探险家的梦魇，深海秘密的守护者。在上古时期，传说水神无支祁完成了这次击杀。那位幸运小伙儿，你的奖品是一只克拉肯，第一百个谱系之外的某位远亲的喙。"

那位小哥接过巴掌大的章鱼喙标本，没有多大失望，已经习惯这家水族馆的抠门了。

"这些标本到底是真的还是假的？"旁边一人问道。

"应该只是水族馆弄的噱头吧。这么会营造气氛，这些标本八成是全息投影。"他的同伴回答了他。我暗暗摇头，感觉没那么简单。再抬起头来，八号箱已经移了出来，也就是第三个展出标本了。一眼看去是个人，只是，苍白，褶皱，扭曲，畸形。这是处于恐怖谷最底的形象，最容易引起恐惧的形象。她的脸上，似乎还有对牛的留恋。许多游客感到不适，开始骂起主持人。

但是主持人毫不在意地摆了摆手："这是我们搜集到地鲛人尸体，合法途径获得的。"随后他若无其事地继续介绍道："有诗云'沧海月明珠有泪，蓝田日暖玉生烟'，'神女花钿落，鲛人织杼悲'。鲛人是东方传说种族，以产出价值连城鲛珠和鲛绡闻名。鲛人也是一个泛指，具体的族群还是很多的。我们这里展出的鲛人来自地位比较低的鲛人族群，所以外观看起来不是那么的美丽。当然，这样对我们水族馆也会安全一些。好了，那位猜美人鱼的女士，将获得今日最高价值奖品，一块真品鲛绡手帕。"

大家的关注点变了，没人在意那鲛人是真的还是模型，都把目光转向那张手帕。

我觉得这不太现实，万一抽出无支祁、计蒙、海龙王等等大佬，要怎么解释，可能会是"我们抽到了海龙王！……还没封王的远房表亲，海龙！答对的奖励五十克纯天然海马粉，止咳平喘，滋阴补肾……"

不过，这种夸张的展现形式也挺好的，能把大海的古老和神秘表现出来，也给游客增长了一些见识，毕竟"井蛙不可以语于海者，拘于虚也；夏虫不可以语于冰者，笃于时也；曲士不可以语于道者，束于教也"。所处的环境，限制了思想，影响了接受事物的能力。

不对，想到这里，我突然意识到，我是不是井蛙呢？

我没有继续看，绕过大厅，沿着台阶走到最上层的溪水切片。溪流切面两侧是参天大树，树下灌木丛生。苍翠欲滴的草甸从灌木旁延伸到水中。水下各色的水草随波摇曳。突然间，水下草丛一开，窜出一只何罗鱼。一首十身，被赭色鳞。远处的水面，大鲵露出半个脑袋。

河流切片长宽达百米，远处隐约有电光，衬托出一巨大暗影。近处有一群脂鲤，闪着点点荧光。河口切片则更大，长款达数百米。依然是黑影，但由于其尺寸巨大，仍然可以看到其背上的一簇簇的棘突。一吸潮落，一呼潮升。

珊瑚海切片中，水下有一座厚重的宫殿。门柱又岩骨海绵长成，高数十米。大门像是竖立的砗磲壳。门的两边是人鱼雕像。虽是雕像，但装备都似真是装备。两人都身着泛着柔和白光的光滑板甲，看着给人极其坚硬的感觉。头戴贴合度极高的遍布楞脊的头盔。颈后是带有尖刺的锤。袖甲和笼手都十分光滑，且具有极高的贴合度。两人的武器为流线型的双尖长矛。在两人外侧，是坐骑像。坐骑正面面积极小，头部呈弯曲的长腔状，看起来应该是可以利用声波进行攻击。身躯强壮，具四足，身上有凹槽，可见这坐骑兽游动时，可以把四足收回，重构流线外观。两对尖狭胸鳍，可以使其在游动中快速变向。坐骑胸前也装有胴甲，侧面也披挂有软甲。这种鱼人与他们的坐骑像是共生种。从他们的轮廓上看，鱼人搭乘坐骑后，可以冲构成新的流线外形。

移步到沼泽区，数十米长的化蛇盘在水底。突然间，"砰"的一声枪响，玻璃上出现一个弹孔，我赶紧后退。后面传来几个小男孩的笑声，他们又往其他玻璃箱开了几枪后，就把枪放回水族箱下方的抢架上。我往弹孔处走去。那些弹孔看起来是那么真实，但仔细看起来，就有点像是在玻璃上的投影。

我壮着胆子在玻璃弹孔上摸了一下，玻璃是完整的，而且弹孔的影像扭曲了一下。

"你不试试，挺好玩儿的。"一个小男孩在我身后说道，他的脸让我有一种熟悉之感。"勇敢"，"强壮"，我的心里给他贴上标签。

"把玻璃打坏了怎么办？"我问道。

他笑了笑，没有说话，而是递给我一支小口径自动步枪。我给它上了膛，感觉极其真实。我对着开玻璃开了一枪，弹孔出现涌水的影像，仔细一看，还是蛮假的。又一连开了五枪，这时玻璃背后的生物出现了一些异动。我走近前去，发现玻璃表面盖着一层帘子。揭开后，下面的玻璃还是有弹孔。就在我小心翼翼地查看弹孔时，突然注意到五米高的玻璃墙背后，密密麻麻的大眼黑鱼都在看着自己。

我往帘子后的玻璃又开了几枪，突然，一个大眼睛挤到弹孔后面往外看。我往后一跌，手脚并用地后退。这鱼的反应太邪门了。但更邪门的是，一只紫斑黑鲩从弹孔挤了出来，带着一身黏液滑到地上。

我呼喊着保安，连滚带爬地赶紧撤了。没有注意到，小男孩似乎早已离开。

19.黑云

我跟着队伍走着，这个队伍有些奇怪，我看得不太明白。单肩背着背包，衣衫褴褛的士兵；拉着板车，带着家当的平民；赶着牛马，拉着大型木制机械的车夫等等。男女老少，士农工商军，带着各种各样的精神状态。只是，感觉他们都失去了什么。我走上一个小坡，往四周看去，密密麻麻的全是人。少说，也有十几万人吧。我走下坡来，问旁边一个人。他穿得极为朴素，长得也极为普通，我就是多看几眼，再次见到也认不出来。

"大哥，我们这是去哪儿？"我问道。

"不知道，跟着走就是了。"他没什么耐心。我又逮着另一个人问，也是摆了摆手，表示不知道。我也懒得管了，也跟着一起走吧。

打了个盹儿，就从上午到了下午。我往四周看去，这里是一个开阔的谷地。周围是长满青草的山坡，基本没有什么树。在前方，谷地变得更加宽阔，直到一座直冲入云的高山挡住了山谷的去路。山前是一排有百米高的石灰白色石柱，支撑着一个庙宇式的建筑。在更高的山上，还有许多小型建筑星罗棋布。

"月神庙！"一个人喊道，许多人跟着他喊。

"清除掉！"那人又喊道，然后是同样的山呼声。我看着四周狂热的人群，有些后悔了，感觉不该跟着这个队伍。只是，我不知道我是谁，我在哪，我要去哪儿。我往身后看去，远处扬起了尘土。过了一会儿，尘土的前面是数百面大瑾帝国皇旗和各个军团的军旗。数千名骑兵奔到人群外围，减速列队，有序地通过人群让出的道路。再后面，是各种数十米高的巨型机械。上万名步兵，如同蚂蚁扛着苹果一般，簇拥着机械往山谷移动。我感觉被人群裹挟着，往一边飘过去。

骑兵们开道，重型机械随后。数十万的体制外人群在外侧，漫山遍野地朝月神庙走去。以这座神庙的规模，应该是总庙吧。我没有走在很前面，我感觉这场景很熟悉，似乎经历过，不过是放大版。当然，也没有我的选择。我还是被人群裹挟着。人流到哪我到哪，我只是无根浮萍。

走过旷野的时候，看到地上有不少人倒在血泊之中。有穿着白色斗篷，外挂金属马甲的人，也有穿着百姓素衣的人。队伍走到月神庙前约三百步远的地方就停了下来。

"静——"整齐的声音响起，我站在山坡上，看到两万骑兵齐声喊道。

"奉天承运，皇帝诏曰：独神难代天意。朕虽否德，幸赖祖宗之灵。祈承鸿绪，躬亲万机之政。自今日始，朕当代神。民当遵法，敬夫皇极。主者施行。"

四周鸦雀无声。

"砰。哐哐哐哐。"巨响传来，巨大的机械如同苏醒的怪兽。机关运转如天雷轰鸣，小山一般的岩石砸向月神庙。许多人担忧地看向天空，我也往天上看去。现在还是白天，但是散发白光的月球却越来越亮。周围还有星星点点的白光。

"白日星现！大凶之兆！"有人喊道，人群开始骚动起来。

"勿忧！"众军士喊道。

我看向四周混乱的人群，踮起脚尖，在远处似乎有一些穿着黑色斗篷的人在鬼鬼祟祟地行动。

天上的星星越来越亮，未几，变成二十四道白色光束照在地上，从光束中各自走出一名巨人。这巨人有数十米高，身着散发着白光的全身甲。

"凝聚月华赋其形，汲取参宿铸其心。手掌十万流火箭，背负长光贯天星。"旁边一个书生打扮的年轻人感叹道。

"神明！是神明啊！"数十万人齐齐下跪。

"撤！快撤！"幸存的军士狼狈撤退，长官下意识地喊了句"抛弃所有器械"，只是当他看向四周才发现，已经没有器械了。

"快看，那边有一束光！"周围有人喊道。我本来是蹲着的，毕竟所有人都跪着，我站那岂不是太过于显眼。我顺着那人的指向，发现在旁边坡后，那些鬼鬼祟祟的黑衣人前往的地方，确实有一道蓝光出现。白色光巨人也注意到了，他们不顾一切阻拦，往那里跨去。有一名光巨人似乎要跃迁到那里，但是从虚空中跌落出来，似乎还暗淡了几分。他们跨了几步，就被无形的屏障阻挡。我转过头去，闭上眼睛，似乎还能感觉到强光直接穿过我的身子，直接照到了灵魂里。

等我缓过劲来，看到光巨人都消失了，取而代之的是无边的黑云。黑云里，各种各样的巨型怪物挤成一团。云团里，时不时迸射出一道耀眼的白色光柱。

不知谁喊了一句"快跑"，所有人跑了起来。我也只顾着狂奔，只看得到几步远处的浅色衣裤，周围已经黑得快看不到路了。

突然间，我感觉天又亮了起来。我看到了周围惊恐慌乱的人群。我抬起头去，看见了半身隐在白色云团里的女子。她有着惊心动魄的美，超过凡人想象力极限的美。她在撑开愈发浓厚的黑云。

"月神！月神！"刚才喊着清除月神庙的人，又都跪下来叩拜月神。

我看到黑云越发地厚了，就像涨潮一般，不疾不徐地压缩白云。最后，覆盖了月神。

周围的人几乎都呆立在原地。旷野上，只有若有若无的哭声，不知是人发出的，还是风，还是其他的什么。

我跟着队伍走着，这个队伍有些奇怪，我看得不太明白。单肩背着背包，衣衫褴褛的士兵；拉着板车，带着家当的平民；赶着牛马，拉着大型木制机械的车夫等等。男女老少，士农工商军，带着各种各样的精神状态。只是，感觉他们都失去了什么。我问旁边一个人。他穿得极为朴素，长得也极为普通，我就是多看几眼，再次见到也认不出来。

"大哥，我们这是去哪儿？"我问道。

"北上。长林帝国，木神庙。"他木木地说着。

"我好像记得，什么'月神'。对了，月神没事吧？"

"你发什么疯，"他看向我，眼光不善，"月神好好的。"

20.两个发明家

两层小楼般高大的长毛四脚兽身侧，搭着一副梯子。一个穿着麻布马甲的健壮小伙儿正在给它固定货箱。在它身后，还有十三头一样的动物。我走近前，那动物喷了个响鼻，低下头来，我才看到它有四只耳朵。为首的那头，脖颈上有亮蓝色的鬃毛。而其他的，都是全身灰绿色长毛。那毛摸起来，像是混纺棉线。

"这是头啥呀？"我抬起头，向那个装货小哥喊道。

"大牛獴，"他说道，"商用中型驼兽。"

"这叫中型？"我小声嘀咕一句，站着的我，离它的膝盖还有好一段。那小哥似乎看到我意外的神色，又介绍了起来。

"我们是要走高山路线，所以用这种中型的，比较灵活，又有力气。"他拍了拍货架，点了点头，看起来对货箱的固定感到满意。他顺着梯子利索地爬下来。拍了拍手上的灰尘，他指了指不远处的一群"小动物"。这些小动物并不小，长有四角，有一人多高。"这是大土蝼，"他说，"很凶。有一些被拿来当作战骑，不过我们商队也有一些，用在山区快速货运。"说完，他把我转回来，"别老盯着眼睛看，会激起它们的凶性。"

"它们这么危险吗？"我觉得民用动物还是温顺些好。

"已经算很好了，"他说，"如果是野生的，就这功夫，我们已经不知道被撞飞到哪里去了。"

"那有巨型驼兽吗？"我问道。

"陆地上没有。"他摇了摇头，"路好的地方拉车划算。路不好的地方，巨型陆地兽也不方便。而且它们太会吃了，养不起。一般海运有些会用巨型海兽，平时就丢出去放养，成本也不是很高。"

他说完，看了看四周。然后转过身，在大牛犞肚子上勾着的一个小包里翻找起来。我也往旁边看去，不知什么时候多出了四个人。三个男子，其中有背着小背囊的一个老人和一个中年，还有一个背着大包的青年。第四个人是一个看起来只有豆蔻年华的小姑娘，身后背着一个半个她大的方盒子。她看起来脏兮兮的，披散着乌黑的短发。在泥垢之下，细而平的眉毛，水灵灵的大眼睛，让人印象深刻。

"你们互相认识一下吧，咱们这一程要至少走三天。我去拿下乘客表和货物交接单。"装货小哥说完，快步离开。

"你们四个是一块儿的吗？"我感觉他们到的时间差不多，问道。

"不是，"老头儿说道，我看向他，他看起来大概有八十来岁，面容慈祥。"老夫庄弘毅，"老人向大家拱手行礼，"这是我儿。"他指向旁边的中年人。

"在下庄晋魁。我们是做陶、瓷生产的，就在这白岭镇开作坊。我与家父去北边的三井城走亲戚。"

"在下金枫林，"青年男子抱了抱拳，"我是云池关那一带的，学的木工和铁工，在那关城做些修理军械的活儿。"

他们看向我。我感觉有点懵，我不知道我是谁，我从哪来，又要去哪。我从口袋里摸出一个小竹筒，上面刻着"常胜"二字。"不常胜"，我喃喃着，"漕船。我记得有人委托我去办什么事儿。"我摇了摇头。

"原来是做漕运的常胜兄，"那青年拱了拱手，"在下喜好机械，也熟悉航船。若常胜兄需要维修和改良船舶，可以去云池关金和铁匠铺找我。"我见他十分热情，于是拱手道谢。

我们看向那小女孩。她怯生生地看了我们一眼，然后往后退了退。

"别怕，"庄老头说道，"不说也没关系，只是熟悉熟悉罢了。我们都是有正劲儿营生的，不是什么歹人。晋魁，去帮她背下包。她比咱孙女还小哩。"庄老头对中年人说道。

庄晋魁走了过去，小女孩摆了摆手。

"我来了。"装货小哥快步跑来了，"让各位久等了，抱歉，"他拱了拱手，"我看下你们的身份证明，不好意思，例行程序。"庄老头拿出一个刻着"庄氏白瓷"的牌子，金枫林露了下军籍腰牌，我拿着刻着"常胜"的竹筒。小女孩用水灵灵的眼睛看着他，他点了点头，"我记得你，"他对着小女孩笑了笑，然后看向我们，拱了拱手，"我姓季，单名枢。你们这一程的领队。"他拍了拍身上的亮蓝色马甲，指向不远处的六名穿着同样颜色马甲的彪形大汉，他们的马甲不是季枢的纯布马甲，而是带着装甲板的马甲。"他们是卫队，别看他们长得凶，都是靠谱的好汉。咱这程的安全都要靠他们。"

我们听了，向那六人拱手行礼。那六人也笑着回礼。"我是卫队的韩队长，韩宸，各位可以放心。"

"你们是商会自己的卫队？"金枫林问道。

"非也。我们是雇佣兵，只是和商会签了长期合同。"韩队长回答。

"好哇。"金枫林激动地拍了拍手，"韩队长，我是云池关金和铁匠铺的金枫林，你看我有个新式武器。"金枫林把背后的打包放下来，取出一个巨大的木铁设备。

"此为雷鸣管。"金枫林意气风发地介绍到。一个蓝马甲把手放在他肩上，但是看到那机器的时候，又收回去了。金枫林转过头去："季哥儿，不好意思，我觉得经常出野外的人需要这个，就推销起来了。"

"没事，你继续说，我也看看。"季枢说道。

"好嘞。"金枫林把几个主要构件拿出来，放在地上。"最左边这个，是打气筒，架在腰上的。这是共鸣管。"他指着一个细管盘绕而成的空心立方柱子。"把这起泡液倒进去。"他说着，拿出一个一掌大的玻璃罐，倒了进去，"这是我们特别调制的，换别的不行。然后要把这气管接上。一个是加压，一个是起泡。然后把铁管烧红。诶，别走啊。"

他看着大家转头离开，显然对这复杂的东西没有兴趣。只剩下我和那小姑娘还在打量那些东西。

"不错吧？"他问我。

"不错，"我点点头，"管用吗？"

"管用。能震跑大象。"

"能震跑土蝼吗？"

"这……"金枫林目光灼灼地看着大土蝼，引得对方低下头，做出预备冲锋的姿态。我赶忙把他掰回来。

"不管怎么说，这是很好的尝试。"我点点头，没继续看，"收好吧，我们要出发了。你这，这雷鸣管，可能在特殊场合作用很大。"

"很棒哦。"小女孩鼓励道，"但是为什么要驱赶，直接打死不好吗？"小女孩说。

"你这丫头，这可不行，杀戮太甚。"金枫林摇了摇头。

小女孩没说话，从盒子里取出一把亮银色的枪。她放入两瓶玻璃罐，把导线连上。按住扳机，枪口冒出呲啦啦的电光。她松开扳机，一道电光喷射而出，碗口粗的用来栓大土蝼的铁柱子被打断。大土蝼躺在地上吐着沫子，不时蹬了蹬腿。

整个兽场都安静了。

"多少钱，我买。"许久后，金枫林说道。

"不卖。"小姑娘摇了摇头。

"良言难劝该死的鬼，你别不识好歹！你不卖也得卖。"金枫林突然变了脸色，恶狠狠地说道，同时拿出官军腰牌，"你既然不卖，我以帝国军械部的名义要求你交出技术。"

小姑娘也沉下脸，然后看了看手上的枪。我顺着她的视线看去，那两个瓶子已经暗淡无光，似乎是已经没有用了。

我摇了摇头，站到金枫林面前。

"金兄，与小姑娘计较作甚？寻常人可拿得出此物？还要同行些时日，别弄出嫌隙为好。你想想，百工之人，留有秘技的可少？"

他想了想，长叹口气，"罢了，罢了。"他说着，转过身，落魄地收起他的雷鸣管。

我隐约听到他说，"没钱吃饭了"，"我是棵无名的小草"。

21.避难所

"谢谢。"一个轻柔的声音传来，我抬起头来。

"何出此言？"我看向对面那个小女孩儿，她有着小麦色的皮肤，乌黑的头发，细而平的眉毛，水灵灵的大眼睛。我低头看了看，是一个棋盘，我执黑棋，我的手正按在一个棋子上。我用指尖移开在它下面的棋子，上面刻着"重骑"二字。

"你终于说话啦？"

"什么叫终于？"

"自从早上坐上大牛犄后，你的五官就消失了。不吃不喝，也不说话。"她打量着我，"我问了季枢你是怎么回事，但是他看不见你，也不记得你的存在。我说了他还不信，然后拿出乘客表，上面也没有你。"

我想了一会儿，觉得不太现实。但是也不知道如何解释，于是把话题转回去，"为何谢我？我觉得你开局不利。"我看了看棋盘，黑子比红子要多三个。

"帮我劝退金枫林。"她说道，"我当时正在想要不要把最后两个反应瓶用了，在他脑袋上开个眼儿。你不记得了吗？"

我这时候才反应过来，我现在坐在大牛犄上，头上是一个大的长方形遮阳伞。大牛犄自己会走，不需要有人控制，而且稳得很，稳到我几乎感觉不到它在移动。鞍轿上只有我们两人，其他人分别坐在其他的大牛犄上。

"这大牛犄走得好稳啊。"我下意识地问出这个疑问。

"是因为这个鞍轿下面有两重稳定器，一个液油一个机械，分别进行平面四向和纵向的稳定。"

"我在做什么？"我下意识地问出第二个问题。

"下棋。"她疑惑地看着我，"你自己跟上来的，坐在我对面闭目养神。然后我发现，你竟然还会下棋，只要和你说，我的棋到哪，你的棋在哪，你就会下棋，只是经常不按照规则走。但也不是什么事儿。"

"是吗，不好意思。"我感觉有些尴尬，"我不是故意跟上来的。"

"没关系。"她说道。

"你是谁？"我问道。

"不记得了。"她摇了摇头。

"那就叫你无名吧。总得有个称呼。"我说道，她没有反应，算是同意吧。

"你是不是也不记得你叫什么了？"过了一会儿，她反问道。这会儿时间，我们没再下棋。因为我感觉有些心不在焉。我点了点头。

"那你也叫无名吗？"

"叫我常胜吧，"我说道，"我感觉我对这名字很熟悉。"

"好的。那还下棋吗？你半天没动了。"

我摇了摇头，"不下了。我觉得有件事得搞明白。"

"何事？"她问道。

"我们以前见过吗？"我看着她的五官，感觉有些熟悉，"'常胜'，'翠微'，'兔子'，'沧浪船行'，"我说着，从口袋里摸出我仅有的三个物品，火折子、小木牌、琉璃小兔，以及一份作废的契约。"可有熟悉的？"

"这是哪儿来的？"她拿起小兔子。

"不记得了。"我摇了摇头。

"我有一个很像的。"她笑了起来，像是他乡遇故知。说着，从脏兮兮的衣摆下取出一个干净的玉佩，小兔玉佩。这些小兔的神情极其相似。

"可以说说你想去的地方是什么样的吗？"我问道。

她闭上眼睛。我感觉周围的景色在慢慢发生变化，被不断拉远，变得越来越模糊。甚至我自己也变得越来越淡。失重感传来，我惊恐地大叫，却发不出任何声音。或者说，声音被身周的虚空吞了个一干二净。

"你是谁？"一个轻柔的声音传来，我低下头。无名站在我右手旁。

"你可以叫我常胜。"我叹了口气，不得不重新认识一下。我把刻着"常胜"二字的火折子展示给她看。然后取出琉璃小兔，"看。都是自己人。"她看到同款的小兔，终于露出笑容。

"这是哪儿？"我问道。

"这里是家。"她说道，看起来比之前在旅行团里开心多了。

"你家在这？"我看着沐浴在金色阳光中的磅礴大城。我站在一处平顶的山岬上，在我左手边，是一条白石小道。再往左，是高耸入云的高山。在山岬下方，是青翠、柔和的绿草。白石山道从山脚蜿蜒而上，在狭窄的鞍部改平。延伸百来步后，是一口人工开挖的小池塘，旁边有一座红柱碧瓦的精致八角亭。亭子周围都是草地，修得十分平整。在亭子的四角，各有一个石头灯柱。灯柱的上方是雕刻细致的灯屋，有着飘逸的飞檐。夕阳从山谷的缺口照进来，正好照在庭前水塘的假山上。阳光下，娇艳的荷花飘在黑漆漆的水面上，似是从一个黑暗的世界穿越而来，到这里才被赋予了颜色。我转过头去，再看那磅礴大城。巍峨的城墙因形就势，和山势完美契合。巨大的港口一半伸向深不可测的大海，一半嵌入城市，中断在一座悬崖下。离悬崖数百米外，有一座岩石嶙峋的陡峭离岛，上面有一座数十米高的灯塔。细看城里，明砖亮瓦的楼阁错落有致地分布着，四处有簇拥着的翠绿的松树。许多楼阁都有露台，上面摆着许多盆景和鲜花，显得花团锦簇。这城市，像极了杜牧所写的，长桥卧波，楼阁云集的阿房宫。

"挺不错的。"我由衷地赞叹道。

"这不是我家，"她神色沮丧道，"这里是避难所。"

"避难所？"我疑惑地问道。

"你看那。"她指着山岬下的大路。我才发现，那条泥泞的大路并不是平的。上面走着一群泥泞的人，绵延数十里。在港口尽头的大船，许多穿着华丽服饰的人和带着大量辎重的工人在登船。他们在悄悄撤离。

"为何会这样。"我喃喃道。

无名抹了下眼睛，我不知道她在想什么。

22.祈禳法会

"咚，咚咚，咚咚咚咚……"山坡北面传来阵阵鼓声。

"道明，你这是来得早不如来得巧。差点儿我就以为你不来了。"方脸的高个男子说道。我和他骑着两匹矮马来到了一个小镇的入口。

"船被州府的一个富家子弟征用了。然后，又出了一些其他事。反正那船被征用了。"我看了看小背包，从里面取出一份作废的契约。里面有江谦的签名，我想起了这件事情。

"如果浊浪道人还在，就不会有这种事情。他最是守信。"江谦说道，"这里是山曲县邦奇镇。听说，这里有座月神庙，而且今天正好是他们中秋祭月的日子。"

我们从大量裹着粗布的当地人中穿行而过。

"还有别的月神庙吗？"我问道。

"有啊，当然有。最有名的当属大屏关的月神庙，有'始庙'之称。传说，就是从那里开始，月神显灵。"他说道，"其实我们那儿也有月神庙，但和这里的不一样。祭拜的习惯和一些相关习俗都不一样。"

"大屏关离这儿远吗？"我有点好奇"始庙"是什么样的。

"如果能到，就无所谓远不远，"他说，"问题是到不了。大屏关消失了。"他让马凑过来，低声说道，"这其实是个恐怖故事，"他说，"那是雷雨交加的一天，山河变色，万物失声……"

"说重点。"我见他似乎来劲儿了，加了好多无关紧要的修饰。

"嗯，那我简单说。敌人来了，敌人走了。走的不仅是敌人，还有这座城，和这座城旁边的河流。在原地只剩下一个村庄，他们用的历法似乎也和我们不一样。嗯，我的意思是，在那晚之后，那里似乎独自走了一千年。天亮前走的人倒是没什么事儿，还把月神教的种子带了出来。"我觉得很神奇，还在想着这传说，就已经来到小镇尽头的山坡下，我们两人下马牵行。

上周，江谦就在邦颂郡东界隘口打听到了月底的曲甲节。在这一天，山曲地区的人都会沿着白龙江往上游走，直到旁庸冰湖边的月神庙。

"江兄，他们为何是这眼神？"我问道。

"咱俩这算是奇装异服。"他指了指自己的深蓝棉麻混纺深衣，又瞥瞥眼，示意周围人的袍子。

"我们那中秋不是这样的习俗吧？"我看周围，这锣鼓震天，歌舞升平的景象。

"他们应该是还有庆祝秋收的部分。这里快要下雪了。"

"嗯，这应该是隐隐感觉尴尬的原因了。在虔诚和欢乐的人群中，像个木头二愣子一样，低调不起来了。"

"这都是小事。只要你不尴尬，尴尬的就是别人。放心吧，他们看起来还算和善，一般是不会赶我们走的。"

也许是他们觉得神是不可亵渎的，在长长的，盘旋而上的山道尽头，只是一个祭坛，并非神庙。神庙所在的海拔更高，那山也更高。从祭坛到神庙，中间隔着至少十公里的陡峭山道。

"快天黑了，"江谦说道，"不知不觉间就已经走了两个时辰，"他又喘了一口气道，"这山蛮高的。"

我也叉着腰，躬身喘气。我看向四周，到处只剩下矮小的苜蓿、苔草这些。山体因为暴露的土壤多而呈现一种灰黄色。往下看去，浩瀚的旁庸湖只剩脸盆那么大。抬头看去，隔着呼啸的大风和淡淡的流云，可以看到对面高山上的月神庙。这里离神庙所在的海拔还差了一些，没差很多。神庙的飞檐上面已经堆着皑皑白雪。神庙看起来历史极为悠久，在很多地方已经破损坍塌，走上神庙的道路也时断时续，堵塞、侵蚀都很厉害。看着很可能结了冰，而且乱石堆积的六十多度的陡峭山道，不小心想象了一下，打了个激灵。不过，在神庙里，还有几个穿着白袍的人，由于隔着很远，他们看起来只有小指尖那么大，就站在悬崖上，台阶前，俯瞰我们。我感觉脊背发寒，他们是怎么上去的。

我们所在的这座山，山顶上是一个下凹的宽阔围场，中间有一个大台子。围场很大，从左往右扫视了一遍，也不能一眼把整个广场收入眼底。巫师们在中间舞蹈吟唱，群众也可以自发上去。围场修成阶梯状，供人歇息。进入围场会先到高台。台子看起来历史极为悠久，苍色的岩石上泛着厚重的气息。仔细一看，每一块岩石表面都刻着古符文。虽然石头表面被严重侵蚀，但大多数符文依旧清晰工整。

"有意思。"我说着，和江谦找了个地方坐着歇会儿。

高台上，齐人高的大鼓横排一行。前面是带着夸张兽骨面具，身披蓝色麻布袍，上绣金色符文的四名巫师。领头之人格外的健硕和华丽，面具也尤为夸张。他的面具有真脸的两倍长。眉眼低垂，呈怜悯之色。四名巫师的头盔两侧，耳朵上方，有一副木雕的灰色的长长的兔耳。他们的肩上，披着白色的绒毛披肩。他们背部的中心，绣着一个金色的大圈，中间是一朵金色的火焰。我问周围的人那图案是什么意思，许多人并不知道。终于有个人说，朔日的时候月是黑的，这时候月神的力量最弱。但是巫师们会举起金火，与月神同在。

"咚，咚咚，咚咚咚咚……嗦！"台下一静，围场也寂静下来。"轰"的一声，台面上升起数米高的红色火焰，四名巫师各占四方。

四人用古语带着特殊唱腔齐声呼喊，庄严肃穆。四巫道："敬祝月神曰：天地定位，飨祀上神。土反其宅，水归其壑。昆虫毋作，草木归其泽。灼烁发云，昭耀开霞。地煦景暖，山艳水波。甘雨和风，是生黍稷，兆民所仰，美报兴焉！羽旗衔葳，雄戟耀豪。呈典缁耦，献礼圣坛。宜民宜稼，克降祈年。愿灵之降。"

祝词毕，台上众巫一通呼喝，然后似乎在等待天上一道金光落下，将篝火染成金色。什么也没发生，他们反应也快，迅雷不及掩耳之势，撒了把盐什么的，金色的火焰蹿了起来。不过周围的人群看起来什么也没发现，皆起身，向场中大躬身行礼。这时，对面山上的月神殿也泛起莹莹白光。

祝祷仪式完，四巫伸手运气，从祭坛上引了一缕金火，点燃火炬，从台上轻飘飘地一跃而下，点燃广场四角的篝火。

民众们抬出巨大的岩角羊，有专人屠宰清理。一些人拿着财宝，请大巫卜卦。但是大巫们都拒绝了，转身离开，甚至没有留下来吃烤羊肉。长巫从山顶的高台跃下，轻飘飘地跑向对面的神庙，其他大巫则从上山的山道回去。群众没有关注巫师们的去向，许是基于礼节吧。大家围着篝火，边跳舞边用方言唱着歌。一些村乐团轮流表演，一曲曲或苍茫，或欢愉，或古老，或轻灵的歌曲在广场上环绕着，似乎在诉说着这个地区人民的故事。不知不觉，天彻底暗了下来，众人走到火堆旁，取走一些已经烤好的羊肉。

"江兄，我感觉有些不好的事要发生。"我看着狂奔的大巫，对江谦说道。天已经黑了，大巫就像一个白色的影，从常人难走的山道上飘过。

"为何？"

"你看那些<u>巫师</u>，他们似乎有些不安。"

23.迷雾之城

在一间咖啡馆内，坐着许多人。其中有一名年轻的女子，她有着小麦色的皮肤，乌黑的头发，细而平的眉毛，水灵灵的大眼睛。她看了看四周，看到身旁的桌边，一个没有脸的人坐在那里。他的手里拿着一个用软皮革作封皮，两指厚，16开的笔记本。她小心翼翼地凑过去，无脸人没动，似乎是在思考着什么。她看到笔记本上写着几行诗句。

"红甲河畔野草枯，灰石林中帷幔疏。金乌点烛渡白雾，行人入梦寻坦途。"

她看不明白，就不去想了。摇了摇头，坐回自己的位置上。

"你们听说民用小型电器联盟了吗？"附近的一桌人里，一个带着织帽的男子说道。

"听说了，"他对面的一个卷发女子说道，"新成立的一个联盟。"

"他们在发动集资，"织帽男说道，"相当于向公众贷款。

按照宣传，联盟将重新整合产业链和市场，发挥规模效益和区位优势，市场优势。在降低产销成本的同时也创造更多利润。他们现在只是缺乏一个初始基金来扩大规模，所以发动集资。参与集资的人都可以获得很高的分红，大概是银行利息的十倍。"

"这么高！"卷发女子感叹道，"但是如何参与集资？"

"叮铃。"玻璃门被推开了，一个穿着正装，戴着手套的年轻男子意气风发地走了进来。他看起来，阳光，帅气，自信。他举起一个大牌子向四周示意，上面大字写着"民用小型电器联盟集资活动"。在大牌子下面，印着一些看着像公章的印章和十几个加盟企业的徽章。在他背后，还有两个相貌普通的便装男子走了进来，应该是保镖这类的。

"诶，才说他就来了。"那桌人激动地站起来，连带着咖啡店里很多人都站了起来。只剩下这女子和坐在右边的无脸人还坐着。人们围聚在那正装男子周围。

"怎么集资啊。"有人问道。

"各位。先别急。"他笑了笑，从文件夹里取出一叠证明材料。有看起来像是的官方许可，各种各样的加盟企业合同，还有一些看起来是公证处的证明材料。还有第三方机构的经济规模证书，领袖的清白证明，他本人的身份证明和联盟的推广授权等等。

"先看一看，我这是联盟里有备案的推广员，大家以后遇到类似的，先看看证明，小心受骗。"他说道，"我们联盟的总部就在这座小城，所以我们首先在这里发动集资，为的就是给家乡百姓发福利。为了让更多人参与到我们后面的分红，所以采取这种基层推广的方式。"他滔滔不绝地说着。

女子感到好奇，也走上前去查看。推广员看到她走过来，露出了淡淡的笑容。他取出一个黑色的小盒子，盒子的一面有一个玻璃窗。女子好奇地拿起小盒子端详。

"滴。支付成功。"小盒子语音播报。女子吓了一跳，差点儿没拿住小盒子。

"你开了免密支付？"推广员似乎有些意外，愣了愣，然后看了看她，笑着提醒她最好设置密码。

"为了不给大家造成负担，同时为了给更多人造福，每人限额 100 信用点，五十杯咖啡的钱。"推广员对着众人说道，"同意的话，大家可以在这里付款。"

"你开收据吗？"有一人问道。

"开，当然开。"推广员回答，"付款后，机器会打给你一个借贷收据。"

"那她怎么没有？"

"她没有点打印收据。我这就给她补开。"他说着，往外走去，"我去车上拿空的收据单。"他对女子说道。

"原来是这样，那我试试。"那人第一个付款。黑色盒子当即打出一个收据。

"给我看看。"织帽男向那人喊道。接过收据后他看了看，"嗯。没问题。"他说道，然后把收据交还给之前那人。

接着，人群里越来越多的人贷给推广员 100 信用点。

女子闷闷不乐地喝着咖啡。等人群散去，不知道推广员和保镖不知道什么时候已经走了。女子赶忙到柜台结账，她感觉不安。

"滴。余额不足。"机器里传来冷冰冰的声音。女子神情有点慌。她吸了口气，重新过一遍收款机。还是同样的结果。她从口袋里摸出手机，查看账户流水。这才发现，她已经开了支付密码，而且刚才付款了 4000 信用点，直接透支了账户。所以造成了一个雪上加霜的情况，她的捆绑着身份信息的账户被冻结了。

"2 信用点的咖啡，可以不收钱吗？"她眼巴巴地看着收银员。

"不行。"收银员一口回绝。"我们也是小本生意。"

她看着华美的柜台，后面的架子上，放着一个美颌龙标本。这就是小本生意？

她咬了咬牙，一拍柜台，直接走了。她要去把那个推广员找到。

"他往中央地铁站去了，"一个声音从无脸人的方向传来，"一般这时候，你需要报警。不过你没有收据。可能，有点儿麻烦。"

"不行。这种坏人必死！"她说了一声，背上包，径直离开了。

她来到了中央地铁站，这是一座文艺复兴时期罗马风格的地铁站。大厅有数十米高，以印象派的手法，画着蓝天的图像。粗壮的立柱雕刻硬朗，在柱头写实地雕刻着涌起地浪花。在立柱之间，是白色的巨型人像石雕。与无脸的行人不同，这些十几米高的人像有着灵动而写实的五官。它们穿着简朴的深衣，做着各种歌颂的动作。在大厅中央，是一个直径有百米的圆形透光窗，一块块钢化玻璃成环状，一环环地排列着。站在地势更高的入口看去，这些环和地面形成了明暗点状图案，正是一列飞驰的火车。站在门口看去，在大厅的左侧是售票区，右侧是检票区。在检票区后，可以看到一条条地下的高架轨道，这是地下一层的上车区。从透光窗，或趴着栏杆往下看，可以看到地下二层和地下三层。

在地铁站入口站着一名年轻的女子，她有着小麦色的皮肤，乌黑的头发，细而平的眉毛，水灵灵的大眼睛。她看着下方的铁轨，一列火车呼啸着驶过。至少有数千人，无脸人，摩肩接踵地从地铁站进进出出。她四处看了看，跟着人流一起进了地铁站。她忘了她有一个包，径直走过安检。她看见了那个人，正在地下一层检票口。她推开了拥挤的麻木的人群。眼看那人到了站台，而一列地铁，正在从远方开来。她想告诉警察，那里有个罪犯，但是匆忙间四下看去，却没有看到警察。

她继续冲，强行冲过检票口时，也没有惊动警察。她感觉好奇怪，似乎这个地铁站的人不在这个世界。终于，在车门关闭的那刻，她挤上了地铁。

地铁开动了。窗外越来越暗，就像进入了夜晚。她没有注意到，天上出现了星星，但是没有月亮。她往推广员登上的那节车厢挤去，却感觉这列车长得没有个尽头。她往车窗瞥了一眼，发现渐渐涨起的浓雾。她感到有些意外，但此时她一门心思是要抓住那个推广员，然后将他消灭掉。终于，她看到了推广员。对方也看见了她，露出惊讶的神色。两人同时跑了起来。女子离推广员越来越近，已经快到车头了。还没待她露出笑容，车到站了。推广员一个咕噜滚出去，迅速爬起来拔腿就跑。车外到处都是浓雾，推广员的身影越来越淡。

她想着，应该要有把枪。于是，她从包里取出一把枪，这是她小时候根据高能化学和物理学理论自制的一把脉冲枪。几息的工夫，她装载好反应瓶，瞄准了前方那个淡淡的黑影，按住了扳机。一道淡蓝色的电光划过浓雾，黑影消失在了雾气的湍流中。

"这个问题没有解决。"一个无脸人在旁边说道，声音直入她的灵魂里。

"没解决？没解决？"她一遍遍地喃喃道。

咖啡店里靠里的一张桌子边坐着一名年轻的女子，她有着小麦色的皮肤，乌黑的头发，细而平的眉毛，水灵灵的大眼睛。一个衣冠楚楚的男子走了进来，正是推广员。女子拿出手机，拨打了报警号码，然后侧过头去，看到无脸人似乎有个皱眉的表情。她又转过头来，看到整个店的人都在看着她，带着吃人的目光。

24.浊浪道人

一个鬓角有些银霜的中年男子坐在窗前，看着黑漆漆的海面。他抱着一袋猫粮。他有个女儿，从来不买化妆品，但是猫粮必须是最好的。在上周，自己以前同行的车队被她炸了，然后又开着快船走了。他觉得自己做得不好，谁会愿意生活在一个帮派的家庭里。他很担心，怕女儿被人欺负了。也担心，她一言不合直接杀了欺负她的人，而不是报警。然后又担心，很多事情不构成犯罪，也可能难以搜集证据，或是没有适宜地量刑，报警也没用。他想了想，担心来担心去，担心不完了。于是让自己放松下来。看着茫茫大海，他渐渐陷入梦境。

"咚——咚——"穿着大背心的黝黑小伙儿使劲地敲响望台上的一口小铁钟。此时日头稍稍偏西，正是下午两点多，船上许多乘客还在午睡。一个穿着深蓝色麻布道袍，清瘦的中年人在船上醒来。他拿起水囊大喝了一口水，这才真的醒来。他站起身，从木板舱室内走出来，深吸了一口清新的空气。他往左舷看去，十多艘远洋货运帆船在排队等候进港。他所在的客船也要排队，但要快得多。此时已经收了一帆，慢慢调整朝向。没多久，那个黝黑小伙儿就从主桅望台上跳下，跑到船艏望台。此时船长也来到了驾驶甲板。这是一个精瘦的老人，叼着一杆旱烟。几个船工走到船艏，右舷和船艉，整理系泊用的缆绳。一刻钟后，客船靠稳，放下桥板。

"冯道长，与我来。"老船长招呼了一声，领着冯思明下船。两人上了栈桥，踩着渔船的甲板走了一段，来到一艘船前。这艘船比其他渔船高很多，老船长没有先登上去。

"小赵！"老船长手笼喇叭，喊了一声。

"哎！"从船里传出一声。

"走吧，咱们上去。"老船长说着，扶着船舷，踏着绳结登上了甲板。一条大狼狗看了看老船长，又看了看后面的徐思明。正要叫，被老船长低声喝了一下，就无声无息地往船艉去了。

"陈叔，你们来了。进来坐吧。"一个中年人从主甲板上的舱室走出来，朝他们招了招手。他的年纪比冯慎独要大一些。"上驾驶台？那视野好。"中年人说道。

"不必了，就在主甲板吧，爬不动台阶喽。"老船长说道。

"这位就是冯道长吧？在下赵志平。之前陈叔来信问我在不在港里，也是巧了，我也是昨天才回来。"

"幸会。贫道冯慎独。"冯道长笑着拱手行礼。

"小赵算在我们这也是很有名气的。堪舆观星、识鱼辨鸟的本事都是一流的。"老船长称赞道。

"哪里哪里，陈叔谬赞了。"赵志平谦虚了一下，然后进屋去了。过了一会儿，拿来一个大茶壶和三个大碗，先给二人满上。

"冯道长是要去五行大陆是吧。"赵志平说道。

"是的。不知可否到达？"冯道长露出希冀的神色。

"如果有线索，我也愿意免费带道长前往，"他给自己也倒了杯茶，继续说道，"我素好航海冒险，听闻有此等神异之地，我亦是心向往之。"老船长在旁边听着，也点了点头。

"请原谅贫道失言。赵先生可有证据，确定五行大陆确有其事？"

"冯道长的心情我能理解，毕竟远洋航行，就是用上几年时间也是有可能的。"赵志平点了点头，"去年，我的船救了一批耗尽补给的人。他们中有个人原先也是遇到海难，幸运地漂泊到一个未知之地，为当地人所救。然后修养许久，欲乘船返回，带了一些想要来见世面的当地人。结果听说他们在路上迷路了。本来能用一年的干货补给，等重新找到航线，已经所剩无几。那人最终没熬过去，当地人也损伤不小。"

"那些当地人呢？"冯道长问道。

"他们有些人似乎是水土不服，生了病，我们船医治不了。后来大概有十五个人活着回到陆地。他们有的人是乘坐船队里其他船行的船，去了其他地方。到我们英山港的，有三个人。现在可能不一定找得到他们。"赵志平说着，皱起眉头，似乎是想如何找到他们。"我当时又用了一个月的时间休整补给，出手一些海货，然后又出海。从他们登岸到现在，应该是有四个多月的时间了。"

"那他们可有留下什么？"冯道长问道。

"有。留了好些东西。他们的文字和我们不通，但是语言是相通的。所以没给我们留他们写的东西，留了一本日记，是当时所救的遭遇海难之人所写。那日记现在在我外甥那里。"

"还有别的吗？"冯道长又问。

"他们说本来有不少好东西，结果因为在海上耗了太久，基本都耗掉了。不过为了表示感谢，教给我们很多技术。"赵志平说着，站起身来，"等我一会儿，我上楼拿下图纸。"老船长给自己又倒满茶，处变不惊的脸上也有些期待的神色。

未几，赵志平从楼上下，抱着几卷纸。他摊开最大的一卷。

"这个是五行大陆的地图。"他缓缓展开。冯道长已经迫不及待地上前看。他瞪大眼睛，想把那一山一河都记住。

"五行大陆不是一座完整的大陆。"赵志平在旁边说道，为了在不大的纸张上记录下巨大的区域，用了英山这里用的一些简记法。"西边这一大块横贯南北的，叫作林月大陆。北边这一大片是瀚海共和国，共和制度的国家，信封木神教。在南面这块是大瑾帝国，二元君主制，信奉月神教。据他们所说，这些国家实际上面积不大，大部分陆地和海洋都覆盖着浓雾。故他们所知也不多。这是他们用一种叫作'近地轨道飞行器'的东西探出来的。不过在靠近边界和空间上界的地方极易故障，他们也不清楚是什么原因。"

冯道长还在看地图的时候，赵志平又说道，"在这五个国家里，宗教并不是占主导地位的，而是作为精神家园的一部分。月神主人性本善，木神主贮藏庇护，地神主厚德载物，火神主勤劳奉献，水神主扶危济困。教派之间没有冲突，教义只是各有侧重。"说完，指了指旁边的一叠图纸。

"这些是海水淡化的设备。有三类。这些图纸都是相关工艺的，冶金、涂层、榫卯、焊接等等无所不包。"他顿了顿，又说道："他们说，我们在不远的将来，可能会需要超远距离航海。这就是我们所最需要的。这些图，已经拓印一份给工部了，他们同意第一批合格品先送予我们。"

"看来五行大陆确有其地。"冯道长激动地说道，不过又叹口气，"就是找不到去那的路。"

"冯道长，航海非一人之力。还待有上面组织，才好去探索。不然，就是有三五条船，纯靠运气，也不知要找到何年何月。"老船长开口劝道。

"不论如何，我也会继续找下去。"冯道长看着远方，目光坚定。

25.雨

"哎，都快点诶！"一个戴着米色头巾的健硕男子大喊道。他就是这支数千人施工队的工头。

"我说苏大哥，我们已经够快啦。从前儿夜里一直赶到现在，都没合眼呢。"一个满是黑眼圈的中年人拖着一大捆十多米长的竹条从旁边走过。

"杨三，你看那边。"苏工头指了指远处的山间，在那里，青黑色的云正在聚集。很快，那座高山就要挡不住那云了。这杨三是个穿着白色麻布大背心的年轻男子，家中排行第三，也就这么起了名。

"头儿，你前天早上就说有朝霞，这两天我们一直在赶工，这不没事儿嘛。"另一个光着膀子的小伙儿有些怨言。

"坚持住吧，"苏工头说道，"我们在这高山里修路，最怕这天气不好。早点完成，我们好撤到安全的地方。"

"甭说了，"杨三摇了摇头，"也就是抱怨几句，咱也明白这个理儿。我们也不是希望坏天气真的来了，大伙儿都等着完工拿钱呢。如果早完成，还能到山外边儿，做点秋收的活儿。"

苏工头拍了拍他的肩膀，继续快步走着。

这里是普莱契山脉，绵延数里的施工队正在沿着以往货商走过的小路。这条路连接山外边白希江畔的皮亚塔港，和山那边的边贸大城云池关。道路外侧，是陡峭的深渊。恰如宋濂所写的"临上而俯视，绝壑万仞，杳莫测其所穷，肝胆为之悼栗"。此时，满山都是工人。几个人站在巨石堆里摇着钻机，那是准备钻洞炸石。一些多人小组互相合作，一手拿着短锹把自己固定在陡峭的山坡上，一手和队友合作，把木桩钉入山崖。若是这里的山都是石山也好，实际上是有深厚土层的石山。在数百米深的山谷里，倒是有不少白色的石头，因而被称作白玉沟。只是很少有人去开采，因为这里要出山去，要走很远很远的山路。

苏工头沿着山道一直走到最上方的工地。这处工地在隘口上，还没开始施工，只是先标记了定位点。现在新的山道还之修建到山腰，离这个隘口还有百来米的垂直落差。这是一个进入火山湖畔的隘口。到了湖畔后，道路沿着湖畔走，从对面环形山的裂口出去。周围的山势极其陡峭，就是岩羊在这里也要望而却步。不过隘口的路较为平缓，只是按设计，他们要在这里修建五对折转弯道来下到湖畔。对面的隘口虽不需要爬坡以到达，却要费大劲拓宽。由于环形山的山岩侵蚀较多，拓宽不是很难，难的是加固隧道和防止落石。在这种地方施工，也是要冒着很大风险。苏工头看到一个头戴儒冠的中年人坐在标记点旁的一块大石头上，看着湖对岸的峡口。

"吕先生，你怎么出来了？"苏工头说道。

"坤离，你说我们真的要按照原设计施工吗？"

"那当然了。今年修到山南隘口就算第一期完成，然后咱们就可以拿钱了。还是别节外生枝为好。"

"你知道这路为什么这么走吗？"吕先生问道。

"这条路我也有所耳闻。此山传闻每入夜，有风鬼呼啸。参奎晦暗，行人常有凶险。故商旅之人皆从此隘口过，而不在山上乱走。他们在湖畔屠宰牲畜，祭祀山神，常能逢凶化吉，转危为安。"

吕先生摇了摇头，"坤离，你觉得呢？"

"从地理上看，火山湖相对较低，过夜比较温暖，不会受寒冷的疾风侵扰。而且走这条道的都是用驼兽，加上方圆百里这里是唯一的水源，来此补给是必然的。"

"是这样。"吕先生点了点头,"还有一个原因。在这山里很容易迷路,而这个隘口和对面的裂口正好分列南北,而且与后面的谷口相通。从这里走,很容易找到方向。"他停了一停,"但我们是修新路,为何不在山腰直接修过去。走我们的路,不需要自己去寻路。而且走山腰,可以大大缩短时间,只要两天,就可以从这处高地横穿过去,到达后面的雪岭林区。到了谷中,还有岔路可以通往不远处的玉沙江。"

"这,那为何一开始非得这么建?"苏坤离也有点糊涂了。

"他们说,大家走这路走惯了,甚至有人自费在峭壁上凿了一段山道。然后讨论出来说,就照着大家的习惯去建吧。"吕先生说完,有喃喃自语道:"难道科学,就要向无知让步吗。"

苏坤离也坐了下来,但是他坐了一会儿,就皱起眉头,站起身来。

"雨的味道。"

"今年的雨,来得太早。"吕先生也露出担忧的神色,"快去通知工人,把器械和建材收好。建护坡的都停了,到南坡的营地去。走山道的时候快些,小心滑坡。"吕先生说道,"这雨,恐怕没那么简单。今年的进度有点悬了。"

"吕先生,我们也下去吧。"苏坤离说道。

"你先下去,我去通知还在湖畔的商队。"吕先生看着远处的普莱契山脉主峰。天柱般的普莱契山和次高峰曼尼菲卡山再也挡不住了,云海从山墙上漫过,倾泻而下。顶多再有两个时辰，大雨就要到达这里。若是这般大雨下上几天，那些商队恐怕会陷入死地。他吹了声口哨，一匹在旁边吃草的栗色的矮脚马晃着鬃毛小跑过来。他翻身上马，沿着隘口缓坡往湖畔洼地的商队走去。

26.断线

我对面坐着一个穿着正装，但是狼狈不堪的男子。整节车厢只有我们两人。我放在腿上的手摸了摸口袋，空的。又在背包里找了找，拿出一沓纸来。作废的漕运契约，水族馆的传单，民用小电器联盟的集资传单。我渐渐想起来之前的一系列经历。我发现，只要把一些关键物品收好，能帮助我想起一些本该忘记的事。

"你叫什么名字？"我问道，但是他轻蔑地撇撇嘴，没有说话。

"你觉得外面的风景如何？"我再次问道。窗外的景色，看起来十分奇异。雾气渐渐变淡了，露出了晦暗的大地。陡峭的巨型黑色石林，雾气里翻腾的怪形阴影。在远处，似乎还有快铁线路。此时没有列车，只有一座细细的斜腿刚构桥。在桥下，是深不见底的黑色深渊。之所以见不到底，不是因为深度，而是浓雾像海水一样，就聚集在石林下。

"界阱。"他突然说道。

"你说什么？"

"界阱。"他不屑地重复一遍，然后解释道："世界的'界'，陷阱的'阱'。"

"这是什么？"我问道。

"我不知道。我只是从他们那里听说了这个词。"

"你既然这么会说，多说些呗。"我希望他多说些信息。从轨道的栏杆看出来，快铁还在桥上。有时候可以看到远处的石林，有时则像是从树丛间挤过去。这桥，不知道有多长。

"我不会说。"他否认道，"我还没说几句话，就被你们拉着去坐快铁了。"他露出沮丧的神情，"我本来觉得我可以舌灿莲花，没想到，还是本事不到家。"

"你觉得这个世界如何？"我问道。

这句话似乎说到了他的心里，他点了点头，说道，"如果让我以一个字形容，就是'迷'，迷雾，迷宫，迷茫，迷恋，迷路。"

他似乎陷入回忆之中："我做过很多努力，不应该是这样。"他有些语无伦次，我还是尽量记住他说了什么。

"我对我的过去不是很有印象。也不记得我怎么来到这个世界。我记得，我曾经学过很多。之前那个和你一起的那女子，她的脉冲枪，在我们那儿就是个小儿科。我们有先进得多的武器。"他捂着头，似乎在努力组织语言。

"我不知道从什么时候开始，我常常会出现在这列快铁上。据我所知，这快铁有很多线路，连通着一个个世界。"他说着，然后从窗户转回头来，看着我问道："你觉得世界是怎么定义的？"

"按照辩证唯物主义，是以物质和运动为本原的客观实体。"我说道。

他点了点头："这是现实世界。在我看来，唯物主义和唯心主义不是矛盾的，甚至是并存的。"他指着窗外的铁轨说道："你要知道，你感知到了世界，世界才出现在你的世界里。有一些命运线，我姑且用这个词表示，作用在不同人的客观和主观世界上，形成了一些或远或近的联系。命运是人无法理解的，所以大脑尽力处理的结果就是这个铁轨和列车。"他停了停又说道："我相信我们看到的列车是不一样的。"

"那这些人是怎么回事？"

"和你关系不那么密切的人，会在同一辆车上出现。你们只是互相的过客，一起走过一段路罢了，各有各的终点站。只有共同的记忆，才有可能在一个站下车。而要进入对方的世界，需要更密切的联系。"

"我觉得我没有遇到过你，难道我们是在街上擦肩而过？"我看着他，没有丝毫印象。

"我觉得没有那么简单。"他说道，"你可能不记得了。我们在这趟车里坐了很久，这说明我们间存在羁绊。意思就是，我们在现实世界里，也许是朋友，也许是敌人。"

他笑了笑，显得丝毫不在意。

"如果我们是敌人呢？"

"那就把你杀了。如果你没有一点用的话。"他又笑了笑，似乎他没少做过这事。

我们谁也没有再说话。许久后，他突然说道，"你知道吗，我只听说过'界阱'在世界的尽头，从来没有到过。但是我们现在似乎在穿越它。"

"这说明什么？"

"人的意识需要有一个载体，不能凭空出现。主观世界有一些漏洞，这些漏洞和一些具有奇异特性的存在联系起来，成为一座超现实的桥梁。在某些极为苛刻的条件下，可以将事物从主观世界投射到现实世界，反过来的难度更大。通常，需要在那个客观世界存在对映体。所以，建筑和物品的投射是相对容易的。举个例子。你拿着一支笔入睡。在你的梦中，你拿起这支笔，把它放到了桌上。你醒来时，发现你睡前放在手里的笔再也找不到了。"他看见我疑惑的表情，得意地笑笑。

"你的意思是，在梦里，我可以说，'这个世界要有光'，然后就真的有光了？"

　　"你说的这种情况是在你自己的小世界。如果你能够无视主观意识对潜意识的限制，确实可以如此。但一般人在梦里，还是会遵循现实世界的物理法则，甚至是社会法则。"他顿了顿，继续说道，"你我都不一样。一般人是看不到这辆车的，只有'梦游者'才看得到。他们乘坐这辆车在各个世界旅行。而你我则是'梦游者'里的特殊存在。我可以意识到现实还是梦境。你虽然做不到，却可以通过存储关键物品，来回忆起被法则清除的记忆。相比之下，其他梦游者被命运召唤到某个随机的梦境，随着他们醒来，他们的那段记忆也被清除。"

　　"为何会这样？"

　　"你是说我们为何是特殊存在？"他自嘲地笑了笑，看向窗外的石林，"因为我们是棋子啊，有棋手给予了我们意义。同样的木头，有人是兵，有人是车，有人是帅。"然后，他又看着我说："你要输了。你可知，一个棋子输了，是会被吃掉的吧？怪就怪你的旗手太弱。不过她就是强大了也没用，大势不可逆。"

　　他说着，渐渐开始淡化。我不清楚这是什么情况，但我知道这是我所不能理解的情况。

　　"你叫什么名字？"

　　"我有很多名字，说了你也记不住。"他笑道，然后递过来一个小牌子，"什么时候想清楚了，可以来找我。你进入他人梦境的门槛很低，这是极其罕见的，不要浪费了这个特性。"

"大瑾羽林？吴寂？"我看着手里的牌子，感到有些诧异。这是一个由某种高强度材料做的牌子，很轻。正面是大瑾帝国的徽章，月环长剑图，背面刻着名字。

"本来可以搞个常胜军的身份，但是那些人都是死硬分子，我很不喜欢。"话音刚落，他的身形又淡了几分。

我看着正在剧烈沸腾的浓雾，问道："这些雾气是怎么回事？"

"人就像提线木偶。除了命运线连接自我与他物，还有灵魂线连接自我与自我世界，也叫精神世界。有的人，线断了。你想知道更多，得帮我做一件事儿。"

"何事？"我问道。

"我要见月兔一面。我知道你能联系上它。"他说完，就彻底消失了。

我对这个目光中饱含算计的人观感十分不好。我多希望他永远留在深不见底的深渊里。尤其是，他还贬低，那个在最后时刻还挡在百姓前的常胜军。

27.无路可逃

我站在一座高层公寓的阳台里，夜晚的风是那么的清新。这是一座非常漂亮的城市。覆盖着玻璃幕墙的高楼大厦林立而不密集，它们有着硬朗却流畅的外观，充满几何美感。一座座高楼矗立在黑夜中，楼顶闪烁的红色示廓灯，像是在黑色水晶石林里的星星。干净而宽敞的街道上，亮银色的流线型电动车川流不息。我看不清行人脸上的表情，但他们整洁大气的服饰，不疾不徐的步调，可以猜测他们的生活十分安逸。我摸了摸眼睛，放大倍数提高了。我看向江边。这是一条宽阔的大江。夜晚的江水，漆黑，平缓，寂静。这里离大海很近了，这条江看起来也像海一般宽阔。装载上千个集装箱的货船，在靠近对侧的航道上缓缓行驶，拉出一道淡淡的白色尾迹。在江的对面，十几座闪着红灯的大型起重机静静地立在岸边，像是沉睡的巨人。

从房间里，传来尤克里里的声音。共鸣腔里传出婉转却醇厚的乐音，一种单纯的快乐在音乐里流淌着。轻灵的单音们跳动着，我仿佛看见了潺潺的泉水。灵动的琶音徐徐跃出，风中似是有麦浪的香气。我走进客厅，一个大概八岁的小女孩正坐在沙发上弹琴。她有着乌黑的头发，细而平的眉毛，水灵灵的大眼睛。这不是小时候的无名吗？这是我又到了她的梦里？我感到有些诧异。她静静地弹琴。弹了一会儿，她停了下来，从美好的梦境里回到现实，神色有些落寞。我看向一旁的餐桌，上面摆放着刚吃完的速热餐盒。总共有三张椅子，除了餐盒前的椅子是干净的，其他两张椅子已经积了一层薄薄的灰尘。桌上放着一顶生日帽，今天似乎是她的生日。

"嗡嗡"的声音从远处传来，然后又变成"哒哒"的声音，盖过了琴声。似乎是有直升机来了。我感到好奇，又走到阳台上。那是一家漆黑油亮的直升机，几乎在夜空里不可见。不过，它机身上印着的白色大写"POLICE"还是让人勉强得到一个聚焦点。这是一种传统型号的直升机，至少，和街上充满未来感的汽车相比，这个有着海豚般流线型机身，单主桨单尾桨的旋翼机，算得上十分传统了。我仔细看了看，黑色的驾驶舱玻璃阻挡了我的视线。

"咻咻"几声，几架闪着红蓝警灯的无人机从远处快速掠过，急追直升机。它们看起来先进不少，不过最让我注意的不是两个并联旋翼，而是机身下挂载的一支亮银色的小枪，像是无名用的脉冲枪的缩小版。我以为无人机是直升机上的人在控制，或者是一起行动。但看起来似乎不是这样。无人机快速地飞到直升机前，原地转向。机枪上的激光灯打开，对准了驾驶室。直升机却丝毫不在意，直接下沉，飞到林立的高楼之间。

"现在播出一则特别新闻。"不知什么时候，无名打开了电视。这比无名还高的电视像一张弧形的纸，画质极为清晰，甚至比现场观看还清晰。

"本日，警方的一架小型运输直升机意外失窃。据悉，该机为库存备用机，已有十五年的机龄。目前，本市警方的无人机已经限制住这架直升机的去向，将它围堵在特兰奎丽江上。"

"特兰奎丽？"我感到疑惑，看向窗边的一本写着"方言学习"的笔记本，翻开看看，原来是"平静，舒缓"的意思。

"警方已经通过外设广播和机载广播向该机传达警告，但是直升机仍然在试图突围。"电视机里传出女主持的声音，"诶？这架直升机不动了。"

"最后通牒，请立即离开城区，随我在西郊机场降落。否则，警方将采取强制措施！"电视里传来无人机发出的，充满金属感的模拟女声。在西郊机场方向的无人机让出了一条道路，但是直升机还是没有回应。

"最后通牒，请立即离开城区。武器模块解锁，目标已锁定。"金属女声从无人机传来。

"开火确认。"两道耀眼的蓝色电光击穿了驾驶舱玻璃。几架电视台的直升机纷纷靠近，把镜头对准警用直升机，突然发现，里面没有一个人。不知为何，我感觉心里有些不安。

突然间，警用直升机开始扭曲，收缩，从黑色，变成耀眼的橘黄色。就像有一个小太阳，被跃迁到了直升机里。若隐若无的脉冲波刹那间爆发出来，警方的无人机直接坠毁，收缩的空气在刹那间膨胀开来，小太阳越来越大。我看向窗外，看向远处的江边。此时已不是黑夜，而是白天，只不过，太阳在地上。蘑菇云升起来了。片刻后，冲击波从我身上穿过，我吓得倒在地上，却没受到任何伤害。我跑进客厅，看见无名已经被冲击波掀到角落，额头留了不少血。我想帮她擦擦，手却直接穿过。我也没办法，我意识到，我是在她的梦里。我所见的，皆是她展现的。在她的梦里，我只是个观察者。

我走到满是碎玻璃的阳台往下看。街道上到处都是瘫倒的人，流血漂橹，惨不可言。本来距离江边有好几公里的距离，都是高楼大厦。现在，我这栋公寓成了海景房。远处的万吨货轮被吹到更远的地方。巨大的爆炸，形成了一个巨坑，让特兰奎丽江直接断流。一些离爆点近些的房子，还在留着赤红色的铁水。我愣愣地看着这个城市，不知过了多久。

"钰姝！钰姝！"一个三十多岁的女子冲了进来，摇着有些昏厥的小女孩。小女孩渐渐睁开眼睛，看到这个女子，露出了快乐的笑容。

"妈妈，你回来啦！"她笑着搂住女子的脖颈。

"快收拾收拾，我们赶紧离开这里。"女子说道。

小女孩应了一声，把还完好的尤克里里收到琴袋里。然后走到房间里，快速收拾衣服。

"金霞！快出来，我们要搬家啦。"她喊道。一只橘黄色的小猫从一个被衣服盖着的纸箱里钻出来，跳到她的肩上。小女孩又找了个大袋子，把猫粮都塞了进去。

"钰姝，快点儿，再迟要塞车了。"女人在外面喊道。

"来啦来啦。"小女孩应着，加快了速度。

画面一转，我们已经在一辆小轿车上。铁路和船运系统已经被爆炸摧毁，公路运输成为所有人唯一的选择。大家不知道，这个袭击是怎么来的，会不会再次发生。所有人都极度恐惧。而且袭击者似乎是想玩弄大家，故意用了小当量核武器。摧毁了三分之二的城市，让剩下的三分之一瑟瑟发抖。

女子驾驶着汽车缓缓走着。电磁波摧毁了大多数电动车，这辆车之所以还能动，是因为有备用机械系统以及有生物燃料为备用能源。

"紧急新闻！"抑扬顿挫的声音从电台传出，"8月10日晚7点35分，位于特兰奎丽江入海口的海港城市白浪涌遭受一枚核弹袭击，伤亡人数还在统计，预计将超过八百万人。由二战残存势力组建的新二叶会宣布对此次袭击负责。并宣称，"大东亚共荣圈"，将在废墟上建立。目前，全面的核报复即将展开。根据紧急状态条例，全国范围内的领空进入禁飞状态，领海进入禁航状态。请所有民众就近前往人防设施躲避,等待下一步通知。"

小女孩抱着金霞,脸上露出疑惑的神色,似乎对这个新闻的消息不太明白,但又隐隐察觉到什么。车流缓慢行进着,南面的奥拉山脉成了阻挡百姓的魔鬼。巨大的五车道隧道,此时堵得水泄不通。

"走火车隧道!"小女孩突然喊道。

女子点了点头,在路边停下车,拿出纸质地图,找到通往火车隧道的路。车载人工智能已经被核爆产生的电磁波轰得离线了,暂时是无法修复。她把电动小轿车开成了大排量越野车的感觉,横冲直撞地撞飞垃圾桶,撞飞栏杆。就差没有撞飞堵在路上的人了。不过,并不是只有他们想到这点。由于市里的铁路枢纽站已经被毁,这段铁路线已经全面停运。不少私家车已经驶入了这个三车道的铁路隧道,我们的车也挤进车流。还好,这里的速度比城际高速快多了。突然,四台三米高的黑漆白字战斗机甲空投到了铁路隧道入口。这是特警用的机甲。几个司机下车,似乎想求警方通融通融。钰姝的母亲也紧张地摇下车窗。然而,警用机甲只是从喇叭说了一句:"快速通行,谨慎驾驶,注意交通安全!"

"什么情况,为什么会这样?"钰姝母亲问道。

"黑客。"小女孩说道,"可能是黑客控制了一些武装。警方收到消息,来这里防守。"

我们终于进了隧道，时速大概四十左右，还不错。虽然很颠簸，但是对逃亡的人来说算不得什么。

"嗒嗒嗒。"这时，隧道口传来小口径机炮开火的声音，从后视镜上看去，警用机甲在猛烈开火。突然间，一根长长的利爪把它刺穿。

"是军用的蛛形攻坚机甲！"小女孩惊恐地喊道，"快插队，快走啊！"她催促母亲。由于她提醒及时，我们走的时候，大多数人还没有反应过来。母亲把车调高几个档位，车子高速地从缝隙间穿过。那个机器人没有全歼守备力量，只是不管不顾地冲进来。

"还有多远啊！"小女孩急切地拍打着椅背。她的母亲此时脸上也满是汗珠，"不远了，"她说道，但是看了看地图，按照比例尺，这条隧道足有十二公里长。加速前才走了6.7公里，刚刚过半。

攻坚机器人爬过车顶的隧道，停了下来。车还在继续奔逃，后面的人就没那么幸运了，已经堵成了一团。

还好，路还算顺，隧道口越来越大。这时，一阵耀眼的白光把车厢照得透亮，电台里传出刺耳的声音。似乎有颗太阳受召而来。这熟悉的感觉，让人感觉心底发寒。

28.自由

这里是一座美丽的古城。古城的长宽接近二十里，城中有田地庄园、泉水湖泊、剧院茶馆、酒楼歌厅、医馆书院等等，可谓五脏俱全。在这座城里，人们安居乐业，生活得幸福快乐。在这座古城中心有一个广场，广场后是哥特式城堡建筑，那就是城主府。城主府自带小花园，种植有近千种奇花异草。在这座老城里有一个传说。在那近百米高的高墙之外，是带来死亡的地方。有诗云："蛆蠹雕琢菩提芯，美人深藏恶魔心。自觉堪破雾中物，意气风发行未醒。"所以，几乎从来没有人出去过。之所以说是几乎，是因为，这座城在建立之初，大多数人都曾出去过。这传说，就是他们写的，只不过，到现在已经近百年。老一辈人渐渐离去，而新人却对传说嗤之以鼻。在他们看来，这道城墙不是保护他们的屏障，而是限制他们的囚牢。有一些胆大而又能力卓越的人，也曾出去过。他们回来后，或是一言不发，或是诉说着传说的真实。只不过，没人相信他们，认为他们被收买了，或是胆小如鼠，被吓傻了。

在这座城里，有一名英俊潇洒的年轻人，他孔武有力，家境优渥，属于又有才，又有财的类型。在年轻男子和女子间，他都有着众多的拥趸。在年轻人看来，他就是标杆，是榜样。他说的话，就是金科玉律，能言出法随。许多人甚至置城中律法于不顾，而听从他的判决。此时的他，正站在公园里的一块大石头上，发表着演说。在他的下方，站着数万名年轻人。远处朦朦胧胧的太阳，正在接近围墙的顶端，还在缓缓落下。

"年轻的帅小伙儿们，漂亮的姑娘们，我亲爱的朋友们。你们不是普通的人，你们代表着朝阳，代表着希望。你们是自由的羽毛，自当翱翔在天地间。"台下传来一片欢呼。

"从前，有一位了不起的人，他带领一开始处于弱势的北方，战胜了南方的强敌，一统南北，奠定了后世超级强国的基业。他说过，'我们的国家，永远不会被从外部摧毁。只有我们摧毁了我们自己，才会让我们陷入衰弱，失去自由！'"

他停了停，继续说道，"看看那道高墙，"他指着远方如天幕般的围墙，大家转头看去。"腐朽的律令，过时的教条，让我们陷在这里。告诉我，你们想不想一辈子留在这里！"他大声问道。

"不想！"万人齐呼。

"想不想冲破枷锁，赢回宝贵的自由？"他再次问道。

"想！想！想！"万人再次高呼，声浪一浪胜过一浪。

"勇敢的年轻人们，今晚，我们将攻占城门，攻占城主府！"他停了停，吸了口气，然后振臂高呼，"为了自由！"

"为了自由！为了自由！为了自由！"人群一遍遍地重复道。

"可恨哪。"一个老人捶胸顿足。他想从公园的长椅上站起来，但颤颤巍巍的腿没有做到这个动作。不知他说的是他的腿，还是什么。我扶着他坐下。我认识那个做演讲的年轻人。他叫作吴寂。为了确认一下，我还是问了这个老人。确实是叫吴寂。

"传说可是真的？"我问道。

"当然是真的。"老人吹胡子瞪眼，"我还在你这个岁数的时候，就已经参加过无数场战斗。这里是我们的庇护所，在血与火中建立的庇护所。"

"那为何轮到这些人诋毁城里的律令，城主呢？"

"城主啊，"老人看向城北的小丘，上面有一座爬满绿藤的独栋别墅。那绿藤的绿不是凡间的绿，它绿得可怕。给人的感觉，它吸收的不是土壤的养分，不是光合作用产生的叶绿素，而是吸收了人命产生的绿色。

"城主回不来了。"他落寞地说道。

"什么意思？"我感到疑惑。

"看到那栋房子了没？"他指了指那个被绿藤覆盖一半的房子。

我已经在看了，但是没看到什么细节。我摸了摸眼睛，调高了放大倍数。我看到别墅最顶层的阁楼上，有一只小松鼠的雕像。这松鼠极其灵动，活灵活现，就是有些掉漆。

"看到了。"我说道。

"那就是城主的家。"老人满是怀念地说道，"当时就有那座房子，那时就是城主的家。我们得到他的庇护，得以在这里建城。一开始城市还没建好的时候，我们就住在他的家里。他的家很大，比看起来的大。"

"那城主去哪里了？"

"去救他的朋友。"老人犹豫了片刻说道。

"大家知道吗？"

老人摇了摇头："他只告诉我们这些当时一起并肩作战过的人。我看你有一种熟悉的感觉，我才会告诉你这事。"

"那他有说去哪里了吗？"

"他没有说，"老人满是遗憾地摇了摇头，"也许是不想让我们知道。我们这些还在的人，都愿意重回沙场，为他作战。他为什么不告诉我们。"老人摇了摇头，想把悲伤地情绪甩走。

"那说他回不来是什么意思？"

"他走之前说了，他的房子被一种藤污染了。如果他不在，这藤会慢慢把他的房子吞噬。一旦吞噬到最上面的那只小松鼠，他就再也回不来了。"老人说着，抹起眼睛。"已经来不及了。那个藤离松鼠太近了。没有城主，根本没人管得了这些年轻人。我们阻止重选城主阻止了很久。现在他们心里都没有城主了，那个叫吴寂的年轻人才是他们的城主。我们已经阻止不了他们了。"

"那个藤真没办法解决吗？"

"没办法。"老人干脆地说道，"城主说，这个藤来自异界，在这个世界是消灭不了的。只能是永远地抗争下去。我们试过去砍断藤条，但是人一靠近，那藤条就像章鱼的触手一样，快速伸长，然后把人卷进去吞噬。"

"那怎么办？"我皱着眉头，这似乎是个死局。传统势力为了大家的利益抛头颅洒热血，却被当作老顽固，落后派，成为要革除的目标。

"外面到底是什么？如果不能通过教育让他们认识到敌人，就没有其他的办法了吧？"我问道。

"打不过的。"老人摇了摇头，"在遇到城主之前，我们一场胜利都没有。当时我们的目标就是活到下一个时辰。只有在城主的帮助下，我们才把敌人打退，慢慢建立起了这座庇护所。我们的敌人，都是魔鬼。他们知道你潜意识里想要什么，你害怕什么。他们玩弄着人们的情绪，让你在一个个轮回里经受来自地狱的考验。他们可以失败无数次，但是你只能失败一次。因为这一次，会把你的灵魂永远流放。他们是无形无质的。在我们这些经历过的人看来，被控制的人还算好打的，虽然数量极其庞大。他们真正的威力在于把敌人变成你自己。为了杀敌，无数的人选择了自尽。"

"那这吴寂想做什么？"

"此贼谋算甚大。恐怕不只是图谋这座城。"老人恨恨地说道。"我们老兵团组织过一帮人去暗杀他，都死了。强得离谱。"

"所以这城没救了是吗？"我想得到一个答案。

"没救了。除非把城主找回来。"

"我去找。"我说道，"他长什么样？他走之前说什么？"

"他呀，"老人露出犹豫的神色，"他是一只松鼠。他走之前说，月神和月兔有危险。"

很快，夜幕降临了。城门守军有所准备，但是寡不敌众，没多久，就被这帮年轻人占领了。他们举着自由的火炬，载歌载舞地打开了尘封已久的城门。城外的迷雾涌了进来，但是他们没有害怕。他们是朝阳啊，炽热，耀眼，怎会对薄薄的雾气感到害怕。他们走进了浓雾，笑容逐渐失控，有的人发出大笑，有的人发出尖叫。大多数人倒在了血泊中，剩下的人，带着诡异的表情走进城里。

永远的黑夜降临在这座城市，高墙巨门，也挡不住想从内部打开它们的人。无知，把他们自己和他们的朋友，以及千千万万无辜的人，带入万劫不复的深渊。

29.救援

瑾川城，城池高深，关阨严固。四围高山，委蛇千里，古倚之为天堑。然地处偏远，自古迄于近代，类皆贫困寡民。后山河一统，东西一家，无所事乎战争矣。至于当代，因游者众，及农商兴，始为荣昌之地。城之西北，有古烽火台，登之可瞰万象群山。古人有言，"见山河之广，益思有以保之"。城之东北，有一泉，水洼天生，一主三副，形似梅花，故以梅花名之。水极清冽，如若无物。水下有藻荇之林，鱼戏于间，如翔于天。岸芷汀兰，郁郁青青，更有青蕨萋萋，桃花灼灼，假山嶙峋。曲径通幽，回廊九转，一步一景。有滨水古亭，立于栈桥之端。其亭八角二叠，青石为柱，黑石作瓦，斗拱飞檐蹲狮豸，画栋雕梁盘青龙。然趋亭者少，盖因泉气之冰寒。中潭墨色，深不见底，传中连碧海，有蛟龙藏身。城之东南，有古神殿。悬山高挑，山墙巍峨。间数虽少，仅四间北房，左右偏殿各一，然极为高大雄伟。人比之于柱，如草比之于木。最深之殿有一神女像，似明月泛河，清风流波。神女下有众兔，或大或小。大兔斗大，小兔如拳，皆红耳霜毛。或蜷曲安眠，或往来爰爰，或藏头露尾，或嬉戏打闹。神殿或更广，然半没于山体。耳房有一井，有阶梯盘旋而下。探头下视，强见井底，然通衢八方，如迷阵八门。洞口清寒，白雾萦绕，常人难近。

殿外有一大场，盖集会之用，会予以造营。植尖管以为障，填土石以为墙。此墙速成，其以铁网作骨，纺布为肤，填土即成。有卫士十数人，身披坚甲，手持火器，往反巡视。有望楼立于四角，高约五丈，为警哨，各有探照大灯，并机枪一挺。及日中，予等廿六人，皆着具甲猴服，携手电一，荧光信标一打。勤务持锹铲绳索与信号中继。卫士持长枪短炮，护于前后。及下井时，以阶湿滑，众皆翼翼。

井下无水，青苔遍生。予等以计分两队，各入一洞，以通信中继系。予为一队导，径行一方以救小兔。此洞半天然，多有人工之迹。行数百步，有一敞室。下为湖泊，上为白石。高约一丈，然宽深数百步。水极清，似仅没至膝，实则深数丈。打光探照，有透明鱼群四散。中有一潜水栈桥，端为一石门。众皆脱鞋袜而涉水。栈桥极滑，有人误堕，但速为救。其人反桥前，其后似有一物尾之。予引光四照，见溶蚀，侵蚀，崩塌，堆积等景观。钟乳似牙，石瀑如舌，予等似行走怪物之口也。

及至石门，钻孔埋管，以计炸之。门开，有大风出，如狂龙吐息，隐有哭号之声。众惧，踟蹰不前。标兵投照明弹一，得见洞室。室中左右上下皆复有洞。予听从小兔之意，领众从一穴入。及行半也，小兔警予前有险。予即警卫士。转过弯后，见前坍塌尤甚，仅能扑地而行。及行半，标兵忽惊喊，随即疾进而手脚未动。予取火枪前行，未几，见一铜铃大眼。予开火重击，兽退。及众皆出，未见标兵。众益惧，不肯复行矣。当是时，数小兔与松鼠仓皇出，予将其收于琉小兔内。闻其言曰，尤有伙伴困于深处。忽电台传一队之求救声，遽止，仅余噪音。长令即退。及至地表，见失魂之傀儡人潮涌入营，其数上千，只二哨塔苟延。

30.秩序的崩溃

一周后。

"你们今天生意不错吧。"傍晚放学，我路过小巷街角钟家的杂货铺，看到更早放学的钟云岚在帮忙整理货架。钟叔在收银台，一边收钱，一边调着收音机。

"对呀，好得很。一些积压很久的，还有差不多过期的货都卖掉了。"小丫头高兴地拍拍手，旁边有顾客皱了皱眉头，但是发现自己别无选择，于是装作没听到。我帮她把一些较重的商品放到货架上。

我瞥了瞥那顾客的表情建议道："慎言。这么实诚会吓跑顾客。"

"我听你们学校的同学说你们明天开始无限期停课了？"

"嗯。这事儿好奇怪。可能是有什么传染病爆发了吧。"我猜测道。

"我们也停课了。但是我们家可能会少很多客人。"她露出担忧的神色。

"有不好的事要发生了，你们多注意安全。如果环境不利于开店，不妨先避避风头。"我说着，把一桶花生油从货仓提出来，还没放到货架，就有一个人把它提走了。

"滋滋……欢迎收听联邦新闻，接下来将在全频段插播总统先生的特别发言。"收音机里传出一个充满中气的中年女声。整个店铺所有人都停了下来，鸦雀无声。

"晚上好。"略微失真中年男子的声音从收音机里传来，"这两周，我们的同胞，我们的生活方式，我们的自由受到一系列袭击的影响。而在今天，暴徒们冲击了我们克州的州议院，焚烧了联邦的旗帜。我们的一位国会议员为了捍卫联邦宪法，在这次动乱中失去了生命。而像他一样的人还有很多。从瑾州开始，到康州、漠州、盐州等十二个州发生了严重的暴力事件，预计全国半数的人已经受到直接影响。目前，我们失去了对这十二个州的控制。从一些进入这些地区的勇敢者所传回的信息，我们了解到，在这些地区，我们的朋友，我们的军队，各年龄段，各行各业的人，都受到此次事件的波及，甚至是失去了生命。我们对此感到痛心和遗憾……"

晚上，我躺在床上，回忆着总统的电视讲话："目前，联邦疾控中心和几所顶尖科研院校正在全力研究造成这次事件的病原体。全国的国民警卫队已经调动起来。联邦军队也进入待命状态。请各位相信，联邦政府可以领导大家，度过这次危机，取得最终的胜利。为此，请所有民众，密切关注当局的通知，并配合国民警卫队等机构的行动。对于仍然被困在疫区的群众，我想为他们读一段来自一个古老宗教的诗句，祈祷他们能从中得到更大的力量和安慰。诗中说，"就算我走过被死亡阴影笼罩的山谷，我也毫不畏惧，因为有你与我同在……"这不是病原体，它们是心病。我想着想着，睡了过去。

"这是哪里？"我睁开眼，四下看去。到处是杂乱的流民，还有调动的军士。

"这里是福寿城，后面就是大瑾帝国和瀚海共和国的界桥。"吴寂说道。我转头往右去，看到他竟然也在这里。一起在这里的还有冯钰姝。

"你又想干什么好事？"我看向城下失魂落魄的难民，怒视吴寂。在远处，举着"常胜"军旗的军队还在躲避敌空军的速射电浆炮，同时顽强阻击地面部队，为难民撤退争取时间。远远望去，真可谓"烟龙盘绕戏火珠，黑藤蜿蜒吞碧树。如雨光雷逐铁骑，似海利爪食金卒。引弓攒射歌长恨，举剑冲阵开通途。锦绣金城无洁衣，何处得求紫金壶"。

"呵呵。你是说月神庙那事？清除月神庙是人们自发的，和我有什么关系？常胜军打不过这些敌人，是他们太弱，和我有什么关系？"吴寂反驳道。

一道电光闪过，吴寂被当场击毙。不过很快，他又在原地出现。"虽然我不知道你叫什么，但是我们没必要成为敌人。"吴寂对冯钰姝说道，"而且你打我也没有用。在深梦界，常规攻击对梦游者是完全无效的。"

我本来想说他煽动"除神计划"和"自由运动"的事，但是一想，暂时拿他没办法，还是别让他知道得太多为好。

"我这么做都是为他们好。"吴寂说道。我看着尸横遍野的大地，并不认同。

"人类的目标是超人，"吴寂继续说道，"但在现在，和我可以带给他们的未来相比，他们就如同栖息树林和山洞的猿人一样。与我的文明相比，他们引以为傲的历史，文化和技术是多么的荒谬。现在，变革的时刻来临了。我给他们带来了超越自身、成为超人的机会，带来了先机的知识，我们就是他们黑夜里的闪电。"

"你是让他们成为原野上的狮子，还是给羊群带来狮王。"
我讽刺道。

"哼。无知。蝼蚁们没有掌控自身命运的力量。绝对的力
量，才是大道所在。"

"你将遗臭万年。"我说。

"不，恰恰相反。我将以胜利者的身份，将可笑的常胜军
打入地牢，受万世唾骂。他们才是阻挡时代进步的人。"他停
了停，朝空中张开双臂，然后说道："弱者，只能无能地哭泣咆
哮。今天，这些污浊的烂民和顽固分子都将被消灭。"吴寂残
酷地审判道。黑云从远处快速地靠近，所有被它覆盖的大地，
都失去了生机。

吴寂看着陷入混战的大地和逼近的黑云，露出柔和的微笑。
"她是草丛里一朵黄花，蝶翼是她的花瓣。她是黑夜里的一位
精灵，星辰是她的眼睛。"他继续柔声说道，"迷雾是她的面纱，
黑影是她的秀发。颈上朱丹，天地唯一的颜色。发上金云，混
始化生的福泽。她盖住我的双眼，让我听从自己的心声。"他
突然朝天大喊："我呼唤雷声填填，期盼她的降临。我献上战鼓
隆隆，请求她与我并肩。我高擎暗月旗，建立她的国。归来吧，
夜神降临！"一道闪电击碎太阳，天地彻底失去了颜色。

我从梦里回到现实中，看向窗外。天上的乌云正在积聚。大道在何方？

第二卷　抗争

31. 再等等看

夜深了，在残垣断壁下，分散着躲藏着许多人。这些是大瑾帝国的难民，他们没来得及跟上大部队撤退。在他们的头上，时不时飞过一架无人机。他们不知道这是什么，又是什么时候出现的，也不知道它们还有热成像搜索的能力。只不过，在地上奔跑的人成片地被击倒，而紧紧缩在地表的人也被发现，然后击毙，让他们本能地往更深的地方躲去。这里的所有人都对"嗡嗡"声感到惧怕。但是这时候，幸存者们感觉到焦躁。因为，天上已经安静了快三小时了。每两小时一次的巡逻并没有如期到来。

"林叔，我们要出去吗？"一个灰头土脸的小伙子问道。他的嘴唇已经干裂，眼神也有些飘忽。他已经两天天没有饮水和进食。他瞟着林叔腰上的水壶，那里大概还有五口水。他们曾经有一个满水的水瓶，但是被流弹打坏了。

"再等等看。"林叔说道。

"可是好多人已经出去了啊。"小伙子其实也不想出去，但是没办法。不去找吃的喝的，只能是死在这里。现在，一个个幸存者从废墟中爬出来，四处寻找补给。

"看那边。"林叔指向一个方向。小伙子看过去，发现有几个幸存者背着拿匕首的手，悄悄靠近一对背着包裹的爷孙女儿。突然间，林叔捂住小伙儿的嘴。"你喊什么喊，人家有刀，你打得过吗？"过了一会儿，林叔见他没了喊的意思，于是拿开手。

"他们有危险。"小伙儿担心地说道。

"再等等看，说不定只谋财呢。"林叔说道。于是，两人继续埋伏在砖瓦下。然而，那些持刀的幸存者并非只是谋财。不过他们也没蹦跶多久，迟到的无人机还是来了。一道道电光过后，地表又陷入寂静。

"你看看，"林叔说到，"年轻人就是沉不下气，还好我们刚才没有一下就出去。"于是，他们又在原地待了许久。小伙儿已经快要昏厥了，林叔还是坚持不走。两小时后，他们心心念念等待的无人机又迟到了。

"林，林叔，水。"小伙儿有些神志不清。

"哎。只能一口。"林叔把水壶递给他。小伙翻过身，往下倾斜水壶。斜了半天，也没倒出啥来。他的手有些麻，有些抖，心里也有些急躁。于是动作幅度大了几分。大面积的冰凉让他突然醒了过来。糟了，水都倒光了。

"你呀！"林叔使劲敲了一下小伙儿的头。他感到痛心疾首，想把他拉到地表揍一顿。他一把夺过水壶，对着嘴悬了半天。但是，一直撑着他们走了五天的水壶，已经流尽了最后一滴水。就在这时，地面传来震动感。紧接着，一队二十多人的队伍从远处接近。

"林叔，这是救援队吧？"小伙儿问道，他看见那些人从地下拉起一个个幸存者，给他们水喝，然后检查他们的身体状况。还能走的，就拉进队伍。"我喊他们过来。"

"别喊，"林叔又捂住他的嘴，"再等等看。"

"还等啊？错过这个救援队，就没希望啦！"小伙儿极力劝说林叔走出废墟。

"你信不信待会儿天上飞的那些玩意儿就来了。"林叔相信这句话的威力，和武装无人机一样大。但是对小伙儿来说，这些越来越爱迟到的无人机带给他的威胁，远比不上迫在眉睫的渴死带来的威胁。

"我不管了，我们已经没有水了。出去是死，留着是死，不如出去拼条活路。"小伙儿说着，不顾林叔阻拦，径直走了出去。

"哎呀，"林叔拍了下腿，想跟上去，但是还是犹豫了。"在等等看，说不定他们会把我拉出去呢？"林叔默念着，又趴着不动了。

"这有个能自己走的。"一个发现小伙子的队员朝负责登记的人说道。

"叫啥名？"

"孙江龙，"小伙儿说道，"还有我叔，林周山，他就在那，不过走不动了。"孙江龙指向林叔的位置。

"走不动就算了。"登记人员看了看那个方向，但是没看到人。他把小伙子的名字直接写到队员名单。

"可是……"孙江龙还想说什么，但是被打断。救援队的物资并不多。孙江龙正想去把林叔拉出来，登记人员从胸前取下消音手枪，指着孙江龙，"你去救他，或者我打死你。选一个。既然加入救援队，就必须服从命令！"见他还在犹豫，又说道，"其他人会去查看，你先撤离。这里聚集的人太多了，无人机随时会来。"孙江龙听了，犹豫着走了。

天亮了。林叔仰起身，张口吸收点露水。他感到口渴极了，也饿极了。他想出去找补给，但是又害怕被发现。现在是白天，被无人机和其他幸存者发现的概率都比晚上高得多。他趴在地上，想着这些土能不能吃。这时，他发现几名幸存者从前面路过。他们人不多，精神状态不错，还背着包。看这样子，似乎是有补给。

"不可能。绝对是诱饵。"林叔摇了摇头。他曾经见过，有幸存者故意背个大包，把一些埋伏的幸存者吸引出来，然后利用废墟里视角不佳，使阴招击杀他们，夺取物资。就这样，他看着他们走远了。

到中午的时候，又有几个幸存者路过。他们觉得天太热，这里阴凉得多，他们就往这儿走，想乘凉以度过这最热的时段。他们没有看到林叔，就把包放在他面前，然后找地方睡去了。

"摸摸看有没有补给？"林叔心里痒痒，手探过去一些，又收回来。

"不行。被发现我就完了，"他喃喃道，"偷东西不对，不能偷东西。"他点了点头，"那我去求他们给点吃的？我什么都没有了，总不会被偷被抢吧？"他又想道，"我什么都没有，也没办法换啊，万一他们不愿意白给呢？再等等看，说不定无人机会把他们灭了。这样，那包就是我的了。"他反复思量。大概一小时左右，那两人醒了，伸了个懒腰，背上包走了。根本没有检查。

"不行，我得出去找吃的。"林叔自语道，"算了，再等等看。出去还不知道上哪儿找去，而且现在天还热。待会儿说不定有人过来，说什么也得要一些补给来。"

他这一等，就不知道等了多久。天又黑了，不过没有月亮。他已经迷糊了，没有注意到无人机的事。实际上，无人机已经从这一带撤走了。也许他决定了要出来，但是已经没有半点儿体力。总之，他再也没有从那废墟里出来。

32. 失势

周围一片寂静，四下无人。我想知道这里是哪里，于是顺着琴声走去。那里似乎在开音乐会，既然闲着，不妨去看看。

这是一个无月的夜晚，前方，一座白色的石质剧院，在星光的照耀下显得十分显眼。它的外观简洁雅致，造型柔和。在绿树掩映、花团锦簇的环境中显得十分和谐。它的正门开在一处山岬旁，屋顶于山岬齐平，种满与山岬上一样的长而柔顺的细茎针茅。草坪被从湖上吹来的风拂动，如水波一般荡漾。剧院巨大的石柱上浮雕着艺术化的植物图案，花草藤蔓栩栩如生，又比真实事物更具美感。显然在比例，分布和外观特征上进行了优化。

在剧院门口，站着四名卫士。他们身着暗绿色的坦肩宽袍，从露出的一角看出他们似乎戴着某种金属制成的防弹插板。袍子十分修身，完全不会影响他们的活动。卫士们头戴哑光黑色的金属兜鍪，肩上是狰狞的披膊，正面是手上戴着某种不知名材料制成护臂，脚上穿的是带有卫足的短靴。他们中有一人的腰上挂着一把银色的小手枪，其他人则背着一把哑光黑的长枪。长枪卫士的衣襟上绣着回纹装饰，仔细一看，却是装着一溜小罐子的武装带。

手枪卫士拦住我。我把背包递给他，他翻了翻，取出一个牌子，上面写着"大瑾羽林，吴寂"。

"吴寂？"他问道。

"不是，我……"

"收好"，他打断我的说话，把牌子还我，"你的牌子要及早去驻地换"，他感叹了一下，继续说道："就在上周，帝国已经转型为共和国。进去吧。"他朝剧院里挥了挥手，

"上周？"我问道，我感到疑惑，因为我对此没有半点儿记忆。"你有没有听说过常胜军？"我问道。

"怎么会没听过，他们被定义为阻挡时代进步的逆贼，已经被剿灭了。"我点了点头，没有再问，直接走进剧院。我虽然不认得路，但是在各个路口都有和门口卫士一样打扮的士兵，我只要沿着他们站岗的路线走就行了。我感到奇怪，似乎不是普通的音乐会。

我四处看去，这剧院并不大，大厅高约四丈，宽深相近，各约六十步。六根石柱半包围着舞台，石柱上的火把将舞台照得明亮。在左右石柱之间，共有四座高大的人物雕像。有梳着垂鬟分肖髻，身着襦裙的美丽女子，手持一段绫罗绸带，或是一面花鸟圆扇。也有高大英武的披发男子，手持一柄长剑。也有身着深衣、结发于顶的俊朗青年，举着一束蔷薇科花卉。舞台上铺着古朴雅致的深褐色毛毯。抽象的植物和几何图案，虽

繁复却不会给人晕眩之感。昏黄的壁纸和光照氛围，使得地毯上的红色花朵显得格外妖异。在舞台中央，坐着两个披着短发的中年男子。他们分别抱着一架大提琴和小提琴，拉着流畅，低沉而婉转的乐曲，似是在咏叹着某个可歌可泣的故事。

没过多久，我来到了位于二层的包间。哨兵通报了一声，示意我进去。我看了看房间里的人，男女老少，高矮胖瘦什么人都有，而且他们之间似乎也不太熟识。我随便找了个空位坐下，没人来找我说话。

"好了，各位。"一个留着寸头的军官模样的中年男子开口说道，"我们不再等了，就先开始吧。对旧帝国势力在接下来的几周将会持续增多，加上对月神教的安抚拉拉，我们的生存空间被步步压缩。想问下，各位对此有何应对之策。"

四下一片寂静。许久，有人开口道："真的是我们错了吗？"

"他们做的还不止这些。在这周之前，他们传递给我们一些错误的情报，以及栽赃一些平民，再腐化一些关键岗位的人员，使得我们的公信力受到重大损失。"军官继续说道，"上次的云浦水库溃坝事件，负责人就是我们组织的。这件事直接让我们的支持率跌了百分之三十多。第三方勘测也认定是那个负责人的失误，因为他没有及时泄流。"

"这个人就是死有余辜。"有人咬牙说道。咒骂声渐渐响了起来。

"不"，军官说道，房间里顿时安静下来，"闸门被水葫芦缠住了，他一个人清理不了。他派下面的人出去找人来清理，结果那人出去后就磨洋工，拖到事故发生。"他喝了口水，继续说道，"这件事其实是有人在故意陷害我们。且不说这个寻找救援的人本身有没有问题，这大坝在一开就有问题。我们在调查团藏了一个人。他报告说泄洪口的闸门有一处内埋的零件有问题，导致磨损异常。估计是当时施工的人害怕推倒重建，加上十年内不会出事，于是隐瞒不报。所以这位负责人在前年被调到这里，可能不是巧合。这是一，第二，这水葫芦的出现有些蹊跷。我们怀疑有人从别处运载水葫芦到大坝，但是估计都是夜间行动，没有目击者，也没有实物证据。那位负责人也想到这点，猜是自由党使绊子。然后就被多加了一项诽谤罪。被水葫芦堵塞大坝，只能是玩忽职守。没人相信他"。"那现在最主要的问题是什么？"一个老人问道，他觉得要先抓住主要问题，然后针对性地解决。

"我们不知道共和党的技术都是哪里来的，"一个富商模样的谢顶男子说道，"他们突然间拿出电动车，全息电视，无线网络中继站等等技术。我们拿不出来。就是有，我们也无法如他们那样生产出物美价廉的产品，群众还是不会选择我们。我的马车生意，直接就没了。有技术壁垒在，我们要亏损很长一段时间。"

"那我们解散吧，既然他们可以让大瑾强大起来，我们不如就把位置让出来。"一个声音说道。

"不行，他们完全没管底层群众的利益。月神教对各个阶层都一视同仁，我们若是弃他们于不顾，就是背弃了我们的信仰。"另一个声音反对道。

"那我们能不能联系底层群体，一起……"讨论声多了起来，我也分不清是谁在说话。

"一起做什么？"又一个人打断，"我们已经被扣上'反叛组织'的名头了，这是要坐实它吗？现在的法律框架都还在，我们要从秩序的维护者，变成破坏者吗？"

"没有用的，不到最后的时刻，没有人能下定改变命运的决心。"反对者占了多数。

"你们做什么！"这时，楼下突然传出哨兵的喝声，然后枪声大作。军官脸上神色一变，然后看向我，向周围的人问道，"这人是谁，怎感觉如此面生？"

"这是老羽林的吴寂。"我还没开口，门口的哨兵说道。

"原来你就是吴寂！"军官一拍桌子站起身，掏出手枪就朝我开火。我被这一吓，本能地冲出房间。他们顾忌楼下的敌人，不敢久追，退了回去。我隐约听到有人说，记住了我的样子。

33.沙达镇

我的家在沙达镇北边郊区的一座矮丘上，再往南，下了山，就是热闹的镇子。镇子东面有一个演武场，西面有一座古老的学校。镇子上有一条水量充沛、水道平坦的大河，名为雁川。沙达津就在雁川河畔。镇子的南界是巍峨的松山。在松山之北，雁川之南，是水量较少的白沙河。白沙河极浅，就是小型浅水船也很难用在这里。这条河因为出产白色的沙子，得到了这个名称。它在镇子内形成了一个马蹄形的弯道，在很早很早以前，经常发生侵蚀性塌陷。后来修造了一处水利设施，使得这个弯道不再侵蚀土地，反而可以分出一条清水渠用以灌溉以及泄洪。

傍晚，我走在白沙河畔，横跨雁川的浮桥不太安全，所以好久没来这里了。我看着河畔的草丛，期待着看到以前见过一面的大蜥蜴，也怕突然窜出来一条老蛇。以前镇子在这里放养了一批黑鹅，说是有鹅就不会有蛇。但是后来不知道谁把这些鹅都抓走了，然后蛇又回来了。不过现在没看到这些动物，只看到一只苍鹭在河畔踱着步子，待我走近了它才扑扇着离开。我不记得白沙河是不是一直都这么安静，连蛙声都很稀疏。眼看着天要黑了，我往镇子的方向返回去。

走到雁川南岸时，浮桥上已经没有什么人了。这座浮桥的桥面木板已经有些年头了，一些地方被蛀蚀，还有些变形，走起来就是不那么安心。而且在傍晚，漆黑幽深的河面，湍急的水流，昏暗而狭窄的桥面，晃晃悠悠的。我吸了口气，迈步上前。不过越是谨慎，感觉脚下晃得越厉害。看着旁边漆黑的河面，感觉它在呼唤我迎接它的拥抱。走了几步，一阵大风吹来，一个没站稳，摇了摇胳膊，差点就真下去了。

"别看着水，看前方。"一个轻柔的女声在身后响起，我侧过头去。她有着乌黑的头发，细而平的眉毛，水灵灵的大眼睛。我认出了她。

"钰姝，好久不见。"

"钰姝？嗯，好像是我的名字。"她皱了皱眉，"你有没有觉得这个世界是假的？"她突然问道。

"这世界是真实的，"我说道，"它能容纳你的灵魂。"

"是吗？可是我觉得，我好像每到天亮，都会忘记前一天发生的事儿。我都是靠着这块玉佩，"她拍了拍腰上的玉佩，"我才记得一些。"

"这个问题，我也想不明白。"我摇了摇头，不想谈论这个世界。在桥上也不好翻我的包，好多事一时也想不起来，"小兔，"我看了看她的玉佩，"你之前说过月神庙小兔的事。在那里不仅有小兔，还有松鼠。"

"小兔都救出来了吗？怎么还有松鼠？"她侧着头想了一

会儿，似乎是想不明白。我这才想起来，那些松鼠收起后，不知去了哪里。

"小兔还有一些救不出来，没来得及。当时场面很混乱，护卫队损失很大。"我略微解释了一下。

"这件事要交给你了。"她没有像以前那种活泼的语气，"我最近一直会被困在一些奇怪的地方，反反复复。"

"什么意思？"我不太明白。

"在那里有很多机器人，很多爆炸，到处都是残骸。在黑烟和火焰里，似乎有不少怪物，张牙舞爪，要把我拉到里面。我想要跑开，但是迈不动步子。"她回忆着曾经做过的梦。她想着，我思索着，我们没有说话，静静地走过浮桥。到了北岸，我在包里找了找。摸出来一张生日贺卡，上面写着冯钰姝的名字，署名是"爸爸，妈妈"，和一个猫爪印，旁边画着一只卡通的橘黄色小猫。一些记忆从脑海深处冒了出来。

"核爆？"我在这座明代风格的小镇说出一个旁人没听过的词。

"核爆？"她重复了一下，然后眼睛红了起来。我努力回忆着那个梦的后续，但是什么也没想起来。

"你还好吗？"我问道。

"我想起来了，我要死了。辐射太强了。"她抹了抹眼睛，哭着说道，"我想把那些坏人都杀光，但是做不到，他们背景太大了。"她吸了吸鼻子，"辐射云覆盖了半个地球，但是那些罪魁祸首肯定还活得好好的。"

"你那世界的医学水平救不了吗？"我觉得还是活着更重要，坏人清理起来没完没了的。而且我的印象里，她的世界科技水平似乎蛮高的。

"我想不起来那个世界了。"她又抹起眼泪，"不过我记得，本来我早就该死了。太阳，汽车，纸糊的，都在燃烧……"

"你很喜欢兵器？"我转移话题。

"在我小时候，就对电和机械很感兴趣，"她回忆起快乐的过去，情绪渐渐平复下来，"我和爸妈一起，做了一把脉冲枪。好多零件是限制流通的，我们就做各种实验，去找或者做替代品。"她笑着。随着她的回忆，她的手上多出了一把银色的长枪。"那时候，人人都有枪，"她看到我疑惑的神情，解释道，"一开始死了很多人，很多鸡毛蒜皮的事，都用枪去解决。扣动扳机，心理压力比握着刀柄，白刀子进，红刀子出要小多了。暴力扩散得厉害。后来刑罚改了，只要持枪，不管是做什么，哪怕只是骂个人，都会往重里判。有一些处罚办法，当时挺有争议的。不过不管怎样，合法持枪这点从来没变过。"她缓缓说着，我们很快就到了演武场。实际上，我疑惑的不是人人持枪这事，而是她能凭空变枪。相比之下，我只能用眼前看到的武器，而不能凭空变出什么来。

"弹药无限吗？"我等不及地想知道答案。

"怎么可能？"她白了一眼，"除了辐射源可以长期释放高速粒子，对人的寿命而言接近无限，没有无限弹药这事。"

"你还记得什么武器？"

"没印象了。"她摇了摇头。似乎，只有印象极深，理解透彻的物品才能被她召来。

"松山上似乎着火了。"我偶然瞥见南方的高山上，红色的火光在快速扩散。再看她时，她已经握起拳头，似乎是想起了逃离大火的经历。一群从白沙江的芦苇里飞走的白鹭，就像躲避怪物的飞机。没来得及，或没法起飞的，都要被动地去直面死亡。

"不对，快走。"她扯了扯我的衣角，然后指着漆黑的雁川，"水里有东西。"

我没有看得很清楚，不过还是先往远处跑去。

"你怎么看见的？"

"它们是透明的，"她说道，"但是你看旁边停泊的船。"我这才注意到，那船时不时地一头突然沉下去，就像有什么从水里跳到了船上。站在渡口的几个负责治安的卫兵还没反应过来，就被那些怪物分解了。

"得做点什么，有面粉就好了。"我说道。

"粉？"她喃喃道，然后手上多了个瓶子。"嗯。老式灭火弹似乎可以。"她眼神呆滞地摸出一个榴弹发射器，把这瓶子打出去。三只大体像海星，但是不断变化着外形的软体动物显现在白色的粉末下。一个骑着马前来查看浮桥的官军看到显现出来的怪物，似乎受到启发，点了点头。然后弯弓搭箭，三箭射死了这些怪物。

一道闪电突然射出，白粉地上出现了一个轮廓。"解决了。"冯钰妹说着，呆了片刻。

"灵魂会留在梦里吗？"她木木地问道。我还在思索着如何回答时，她就突然消失了。

34.混乱时代

杂乱的街道，飞涨的物价，暴躁的人群。街道上不少人在游行，谴责毫无作为的总统，并声称要把票投给他的竞争对手。这是一个礼崩乐坏、群魔并起的时代。由于害怕不知道什么时候到来的灾难，许多人什么事也不做了，就在街上晃荡，或是去哪些地方纵情声色，等待末日的降临。我躺在床上，听着客厅里播报的新闻。

"由于国民警卫队和国防军的努力，目前失控州的数量仍然维持在十二个。不过，令人担心的是，位于失控州之一的霆州的一处军事基地内，据传储存有二十枚当量可调的核弹头。多州群众上街游行，要求立即在所有十万人口以上规模城市修建防核爆避难所。"

"经过半个月的努力，CDC 发现了失控人群，现在也叫作傀儡人 FGFR2 和 EOMES 基因表达异常，以及多巴胺功能亢进。由于样本数太少，目前还不能确定具体的原理。依据现有研究，暂时排除传染性病原体的作用。这种变异暂定为 I 型精神分裂症所属的某类疾病，也有人直接称之为群体性失魂综合征，不过学术界对此疾病的命名仍存在较大分歧。公众最为关心的传播路径问题，目前还没有得到解决。"

我听着听着，睡了过去。睁开眼时，在一辆带篷的卡车上。后面还有许多卡车，不过在雨幕中只能依稀看到近处的一些车灯。蓝黑色的天空如同幕布一般，森林的轮廓就印在这幕布上。靛色的湍急河流滚滚向前，把画面分为二比一的部分。一些亮黄色的不知名野果，和橙红色的野花，成为黑暗场景里唯一的亮色。在卡车里，坐满了穿着雨衣的士兵。其中一人抱着一台小型收音机，听着新闻。

"战争爆发了！第二批作战部队即将抵达雾界陆桥。尽管我们不愿意发动对邻国的战争，但是他们在我们进行政体改革的时候悍然入侵，这是一种宣战的行为。为此，我们有必要开展一场报复行动。三日前，先头部队已经打上陆桥，占领了第一处要地。现在，源源不断的战备物资已经往陆桥前线运去。大瑾最大商会'黎明商会'发动战争募捐，并带头捐款三千万共和金元。"

"雾沟不再安全：在边界线上天然形成的洼地充斥着浓雾与怪物，成为两国难以逾越的界限，使两国仅能通过陆桥连通。但是，瀚海共和国拒不承认在政体改革时期发动的侵略战争，并派出特战小队渗透陆桥防线，进入雾沟我方一侧爆破民用目标。敌军的无差别爆破波及了三座城市和十六座村庄，已造成了近千人死亡。"

"新的信仰：内阁会议确认了'夜神教'为新的国教，以此填补'月神教'终结带来的信仰缺失。新国教认定财富是神明给予的福泽，最大化地争夺财富就是对神的赞美。拜金主义有望成为普世信条。"

"现在是什么情况？"我在心里问琉小兔。电台里一股浓浓的二战风，让我感觉有点懵。

"瀚海共和国是木神的庇护国，现在正在被月神的庇护国攻打。"一只棕红色的松鼠从背包里跳出来，挥着小拳头说着。我看看其他人，似乎没有注意到它。

"怎会这样？月神呢？"我问道。

"吴寂用他的世界观污染了深梦界由月神庇护的部分，所以他能够调用现实世界的技术和产品。瀚海已经挡不住了。"松鼠说道，见我看向它，自我介绍道："哦，我是红小松。木神吉祥物的分身。"

"月神信仰在大瑾已经被清除了，加上与'妖邪'大战，已经陷入虚弱状态。无法再干涉这场代理人战争。"琉小兔说道。

"什么是'妖邪'？"

"一种纯粹的恶念，先这么理解吧，实际上复杂得多，"琉小兔并不想解释，搓了搓脸，又顺了顺耳朵，继续说道，"月神很早就发现了'妖邪'扩散的趋势，但是她也挡不住。于是让月兔去找梦游者，希望他们能帮助梦界稳定下来。"

琉小兔看了看天空，接着说道："梦游者的形成条件极为苛刻。梦界是平行世界的桥梁之一，是各种意识的载体。在梦界里存在着许多原生的，也就是来历和年代不可考的流散意识。通过月神级别的力量加以引导，可以沟通现实世界，使现实意识主导流散意识。不过这种转移存在匹配性的问题。一旦失败，意识会迷失方向，从而困在某个小角落。"琉小兔拿小爪子比了个小不点的动作。

"那我是什么样的存在？"我问道。

"你和一个千年前的名叫李道明的流散意识匹配度极高，同时具有一些特殊能力。比如'回忆'特质，即可以通过线索物品回忆起经历过的梦境。'分身'特质，可以在梦界感应引导力量，随机主导某个流散意识。所以你被我们选为侦察实验体。冯钰姝喜好电器，机械，武器，是作战实验体。她的特质是'存粹'，可以保持极高的注意力，且不受梦界迷惑，从而在深界和浅界自由来去。还有基于这个特质的'召物'，在梦界局部定义新的规则，唤出现实物品的投影。"

"还有其他人吗？"

"只剩最后一个，冯钰姝的父亲冯思明，我们研究梦界本身的实验体。他的特质是'原生'，因为他和梦界的一个叫作'冯慎独'，自号浊浪道人的人物绝无仅有地百分比匹配。还有一个是'五行'，他可以感受到深梦界的五大庇护神。"琉小兔停了一会儿，继续说道，"不过我们也没想到，'妖邪'突袭了冯钰姝的那个世界，导致了全球核战。几天前，冯思明由于癌症去世了。他的浅梦体不知所踪。"

"冯钰姝好像也是时间不多呀，你们办事就不能靠谱点吗？"我本身没什么实力，队友还出师未捷身先死。

"因为月神之前没试过去干涉梦界和现实界的联系，本来只是想观察一下。没想到局势恶化得如此之快。"琉小兔摊了摊手，表示也很无奈。

"那吴寂是什么情况？"

"他是我们见过的最强的梦游者。本身来自一个科技极其发达的世界，由于其具有'侵染'特性，可以大范围地改造梦界，同时改变梦界人物对他的看法。他的潜意识受到的束缚很少，所以他在梦界的真实实力超越绝大多数凡人，所幸他还没意识到这点。吴黎明，或者说吴寂一开始也被我们列入观察对象。我们发现他心思单纯，不过就是单纯的坏。他想方设法地让自己快乐，哪怕是建立在他人的痛苦之上。"

"那我该如何做？"我感到很无奈，这些吉祥物身份尊贵得吓人，不过也就是个吉祥物。

"这是乱世啊，乱世出英雄。怎么做，自己想办法吧，我们只是吉祥物啊。"小兔摆了摆手，带着小松鼠蹦跳着逃走了。

我看着车外，视线越过河流，越过树梢，越过山丘，一直到远方。

35.要塞

我们一行人沿着崎岖的山道走，不知道走了多久。四周只有茂密的森林。三朵玉花藏青鸾，一缕金阳深林暖。攀缓苔草望南山，山溪更在轻雷畔。

向导是一名身材瘦小的当地人，是我们在昨天路过的一个小镇集市上认识的。因为我们赶时间，而其他人都不愿意走这条捷径，只有他愿意带领我们。走到现在，全队的人都是蓬头垢面，衣衫褴褛，双目无神。前方是一处茂密的灌木丛。向导从背上取下开山刀，用力地劈出一条路来。我们弯腰低头，小心地躲避头顶断木锋利的边缘，还要时不时地扯一扯被刺藤挂住的衣裤。

前面终于出现了一个开阔地带，大家都露出了笑容。在林子里走了太久了。

"这就你说的圣城？"一个满含怒气声音出现在我的耳边，一个青年男子对着向导吼道，"你看看，这是什么年代的玩意儿？"他说着，踢倒了一个石雕的松鼠。由于经年的风吹日晒，石头都开裂了。我抬起头去，这是座遗迹，大部分都是残缺的。剩下的，也在被植物吞没的进程中。从每块砖头都有浮雕，还是可以看出这座遗迹昔日的辉煌。

"不是这里，"向导说道，"这里早就没人住了。"

"还没到啊。"一个人哀号一声，坐了下来。

"起来，"一个中年人踢了他一脚，"我们是来报信儿的，大瑾帝国的侵略者就要来了。我们得赶紧让要塞知道。"

"他们来了就来了呗，反正拿的也是那些大佬们的城，和咱们小老百姓有什么关系。"

"此言差矣，"另一个人反对，"我们还等着大佬的赏钱。我们这么翻山越岭地报信，肯定能比大瑾的先头部队快。到时候，我们当居首功。"

"都安静，别吵吵！"走在向导身后的队长喊道，"都跟上。"众人一停下说话，这个世界就变得异常安静。厚厚的松针和青苔，把所有声音吸收得一干二净。

"啊！"一个人突然惨叫一声，引得全队人都转过目光看着他。

"你喊什么喊，吓死人了知道吗。"队长快步走回来，在他腿上踢了一脚。

"死，死人。"那人指着地上。刚才他被一个圆咕隆咚的东西绊了一下，发现了不得了的东西。

"让开，"队长推开他，蹲下身，在尸体身上搜查起来。没有什么财物，只有一个备忘录。从前面一条条的各地商品行情和特产的出产日期等等，猜测它生前应该是一个商人。在最后一页，只写了两个歪歪扭扭的字，"黑云"。

"黑云，"队长念道，"我怎么感觉有些熟悉。"他喃喃道，"你们谁知道'黑云'是什么意思吗？"他问向我们。众人都摇了摇头。队长把备忘录塞回原处，"走吧，一个倒霉鬼而已。"他朝众人说着，于是大家又继续上路。到了傍晚，终于到达了要塞，之前的一个卫城。这座城的城墙不高，也就三丈左右，由青色的岩石堆砌而成。在城墙上，有一道简陋的女墙，看起来强弓劲弩就可以射垮。

"钱。"向导伸出了手，向队长索要尾款。

"等我们拿到官家赏钱了再说。"他不耐烦地摆了摆手。向导只好再带着我们进城，一直到城主府报告。我们以为很快就好，结果看着队长一脸气愤地出来，什么也没说，拉上向导，两人直接就跑了。我们剩下的人面面相觑，不知道发生了什么。过了一会儿，他们两人又走了回来，然后一起进入城主府。我们不知道待会儿要不要叫我们做什么，于是分批先去城里找东西吃。感觉过了好久好久，队长和向导才出来。

"怎么样了？"一人急切地问道。

"这帮人也真是，还是让大瑾帝国把他们灭掉吧。"队长捶了一下腿，"刚来的时候等了好久，才有人来接待。我就不说这漫长而冗杂的过程了。我从治安所取得身份证明后，又历经坎坷，才让城主幕僚勉强相信大瑾帝国真的打来了。自始至终没见着城主。"

"钱呢？"另一人问道。

"他们说，要我们亲自去要塞拿。"队长无奈地说道。

"我们现在就去可以吗？"向导问道，他觉得自己的雇佣金可能要吹了，有点着急。众人都点头表示同意。

"我们雇辆马车吧，接下来的路比较好走。"向导怯生生地看着大家，怕大家不同意。他本人也没有这么赶路过，已经极其疲惫了。同时也怕不提前说好，最后雇车费会被推给他出。众人再次点头同意，说话的力气都没。又费了好一般功夫，终于找到愿意在晚上上路的车夫。一行人就这样往圣城赶去，同时带着城主府的求援信。我们没敢拆开来看，但是可想而知也不会是什么正经的求援信。然而此时也没有什么别的选择。我在木板车上打着哈欠，感觉有些熟悉。恍惚间，就来到了要塞。我疲惫地眼睛对这座宏伟大城已经没有什么欣赏的精力了。同行的伙伴们也一样疲惫，不少人都在呼呼大睡。队长则坐在车外，一嗒嗒地抽烟提神。向导脸色发青，不难猜到，他的肠子也是发青的。这一程算下来，我们赚不到什么钱。迷糊间感觉车停了。嗯，停了更好睡。

"醒醒，发钱了，"一个人摇了摇我，我勉强睁开眼睛。一个有点分量的钱袋落在我的手中。

"迷茫是吧，"队长看着我说道，"城主是个吝啬鬼。我一开始还以为是金币，再不济也是银币。结果打开一看，这孙子给我们塞的是铜币。"队长气愤地唾了一口。"要不是我们有卫城的文书，他怕是连铜币也不想给。然后说到援兵的事，一开始大手一挥说给三千精锐。然后他抽了口烟，就改成两千。我都想叫他别抽了。他又抽了一口，改成一千。这整的我们在和他做生意似的，爱派不派。"

我们没人想说话，已经没有了抱怨的力气，更别说去讨价还价。

"醒醒，到了。"旁边一人推了推我。我睁开眼，还是在卡车上。

"现在是怎么样了？"迷糊间我问了一句。

"不堪一击。侦察队摸到卫城那里，试探攻击就打下来了。守军也就五百人不到吧，据说还是刚从要塞那来的。"调电台的士兵不屑地说道，"我们今晚就在这休息，明天应该会有新的进度安排吧。"

36.古树

西山不见东林月，地蚁不知树梢蛾。万里碧海排云去，一声花语入梦来。瀚海共和国有着广袤的森林，从没有被人完全探索的森林。别说完全探索了，实际上，人所涉足的只有这座森林的一小块。瀚海的首都位于东林一座巨大的湖泊西岸，名为滨海城。在瀚海的首都往东看去，在海平面上，有一棵不知道是什么时候就存在的古树。按古文记载，此树"青叶紫茎，玄华黄实，百仞无枝，有九欘，下有九枸，其实如麻，其叶如芒"，通天彻地，是仙人穿梭仙凡的通道。

"继续说，"一个带着护额的佣兵模样的人催促着一个须发皆白的老人。在旁边还有三个同样佣兵打扮的人，以及一个披着短发的年轻女子，她的脸色有些苍白。这名佣兵是一个佣兵团的队长，我们都叫他王队。他正好完成一次长途护送任务，申请了休假，和他的三个伙伴来四处闲游。这女子，我们也不知道她叫什么，因为她绝美的容颜，以及冷漠到令人胆寒的性格，王队他们称她为"冰仙人"。这老者就是我们的向导，他将带着我们到达木神海离古树最近的一处岸边，然后搭乘一艘小帆船前往对岸。大多数人对这通天神树感到惧怕，愿意横渡木神海的人极少。我们现在位于一家开在古树上的客栈，太阳还高。用过晚餐后，将直接向东，在夜里就会到达滨海城。

"传说在亘古时代，瀚海这里有着一个植物王国，"我注意到冰仙人的脸上又更加苍白了，像是在忍受着什么痛苦，"因为年代过于久远，已经没有人记得这个国家的名字。根据流传下来的故事，这个国家是一个由植物统治的国家，而元首就是那棵通天树。大多数的树木都是温和善良的。现在的一些商旅中，还能看到一些人戴着六杈木的护身符。这种树也叫作接引木。森林广大无边，迷路时有发生。在迷路时，若是遇到接引木，它的六根树杈会指向一个方向，顺着走，就能够绝处逢生。"

"现在还有接引树吗？我们怎么都没看见？"王队问道，他的小伙伴们也相视摇头。

"这还要说道上古时代的一个故事。"老人故意卖个关子，慢悠悠地喝着茶。见到四名佣兵恶狠狠地瞪着他，才不紧不慢地放下茶碗。

"在那时候，还有一个肉食植物文明，存在于这个国家。他们想要终结由通天树主导的时代。这种食肉植物极其可怕，是这座浩瀚森林里的死神。"老人停了停，目光有些呆滞，似乎是在回忆什么。看样子，他似乎曾经遇到过这种植物。

"善的植物，我们称之为仙，"老人回过神来，继续说道，"相应的，恶的植物，我们称其为妖。在那个混乱而黑暗的时代，妖邪遍地，人类几乎要被屠杀殆尽。至于后来……"

"后来怎样？"王队急眼了，这老人是怎么回事，又停了。

"后来当然是人类活了下来。"老人淡淡地笑了笑"实际上这一段存在争议。和现在通常认为的通天树拯救人类于黑暗不同。有人说，清除掉大量人类的并不是肉食植物，相反，他们才是想把人类从恶魔手上救出的一方。只不过因为他们总是沾满鲜血，没有人愿意相信他们的话。一些流散的野史里说，通天树为了提高自己的分量，在战争早期袖手旁观，见死不救。而在战争后期，从仙界请来了仙人，不管三七二十一，强力镇压了一切不服。因而，有些声音对通天树的立场表示怀疑。现在更是存在一个反通天树的组织，自称'绝仙会'。他们想要杀死通天树，因而被瀚海定为反叛组织。"我看了看众人，王队抚摸着他的山羊胡，若有所思。他的小伙伴们啃着鸡腿，吃得津津有味。冰仙人似乎好了一些，脸上有了些血色，正端着茶碗慢慢喝着。

"那这和接引木有何关系？"王队的一个小伙伴突然问道，我们还在想着那场上古战争的惨烈，几乎都要忘了接引木这事。

"接引木是站在人类这边的，传说里称它为六手仙。它们本身没什么战力，移动也很缓慢。在人类快要灭亡的时候，极力地往战线上靠，指引生门，所以吸引了很多仇恨。下场可想而知。没有它们，早就输了，都等不到通天树出手。它们给别人指出了生路，自己走进了死路。"老人又陷入回忆，大家也不再说话，静静地吃菜喝茶。

　　我吃饱了，又感觉气氛有些压抑，于是来到房间外的露台。这棵古树在这一带算是最高的，有近百米高。从环旋盘绕的栈道走上来要走上老半天。由于位置高，加上风大，这座客栈倒是极为凉快。我们这房间属于餐室，露台和其他露台是联通的。我顺着露台走，到了尽头，从一个梯子爬上去。在上面，和大堂半球形的玻璃穹顶齐平。这也是一个露台，上面有三座带着龛屋的地灯，中间有一座小庙似的小屋子，大概两尺来高。里面供奉着一只松鼠的雕塑。这处露台在树冠里，看不到远处，于是我又顺着梯子下来。我来到观景台，这里受到古树的阻挡最少。树下是广阔的沼泽盆地，一条碎石路在其中蜿蜒，还有不少木桥横跨池沼。远处是青灰色的陡峭石山，穿过这山里的峡谷，就到达滨海城了。

37. 深林里的鬼

　　米黄色的沙滩环抱着碧蓝的大海。咸腥的青色海藻在水墙里摇曳着，映照着灿烂骄阳。长滩右边茂密的红树林一直延伸到矮丘上，几只弹涂鱼在林边的礁石间凌波微步。现在正是涨潮的时间，一艘帆船停在离岸不远的地方。在帆船之后，是正在酝酿的黑云。那黑云，正在滋养着风暴的胚胎。四只舢板从船上放了下来，载着许多背着长杆子的人。我坐在长滩左边悬崖上的一根图腾柱上。这根柱子的柱础是一头大象，上面是叠罗汉般堆在一起的坐猴。这根图腾柱很高，也就比最高的棕榈树矮上那么一点。动物的眼睛雕得炯炯有神，比真的还精神。我摸了摸最顶端石猴的脑袋，光秃秃的，将心比心一下，没来由地有些胆寒。也许工匠们不善于表现毛发吧。不过问题不大，在柱子上长满了青苔，就成了绿毛猴。在很早以前还有人来清理图腾柱，后来那些人不知道去了哪里。不过我们都觉得，长青苔之后更好看，爬起来也没多费什么劲儿。在我身后，是一望无际的密林。母亲说过，别去那密林，那里有嗜血而凶残的鬼。我打了个哆嗦，又转过头来，看着远处的黑云。

舢板航行得很快，等我回过神看向他们的时候，他们已经像闻到糖的蚂蚁一样，快速地贴到干净的沙滩上。几个同伴好像是觉得好奇，呜呜叫着就冲了下去。他们下山的时候，争先恐后，声势逼人，就是丛林虎也没有这气势。但是在那些两脚兽面前乞食的时候，又是如此的卑躬屈膝。不过，他们确实要到了不少东西，一个个傻了傻了的。有几个不知喝了什么，在地上晕头转向地乱走。他们在沙滩上建起了营帐，建起了围篱，生起了篝火，然后开始叽歪叽歪地唱起了鸟语。看着一些人一脸邪笑，感觉歌的含义，就和听起来的一样糟糕。

就在这时，我感觉肩头一沉。一只灰头绿身的海角鹦鹉落在了我的肩膀上。这是我的好友之一，我们经常一起去找好吃的，比如海里的海葡萄，或者悬崖上的红浆果。我们从小就认识了，当时他还不会飞，从树上掉了下来。然后看着我瑟瑟发抖，怕我吃了他。当时他还没换羽毛，就灰不溜秋的。于是我就叫他小灰。

"你又胖了。"我说道。他低了低头，看了看自己圆滚滚的肚子，然后摇了摇头，表示不同意。他看着营地，对那些没见过的水果表现出极大兴趣。

"那咱们就下去看看。"我说着，顺着图腾柱爬下来。然后窜上一棵棕榈树，摘下一串和半个我一样大串的棕榈果来。我带着棕榈果从沙滩的低地跑进营地，希望没有什么人看见我。

那鹦鹉就蹲在我背上扑扇着翅膀。

"一会儿随便吃,"我说道,"我们也不是白拿他们的。"

我们最后还是被一条狗发现了,但是还好,没人对我们做什么,反而还给了不少好吃的。我和小灰商量了一下,决定跟着他们走。于是,我们就沿着大象开的路,走过积水的滨海洼地,长满阔叶树的平原,在瀑布旁翻过陡峭的山岭,走了整整一周。我也不知道现在在哪里,三天前,就已经走出了我曾经到过的最远的地方。太阳从高山上落下,阴影不断地拉长,很快就笼罩了所有人。人们停了下来,点燃火把,打量着四周。在被大象撞断的树木残骸中,一群蜥蜴打量着我们。

天,似乎黑得很快。我回过神时,已经很黑了。四周阴风阵阵,似乎有什么东西在黑暗中,在百叶窗似的龟背竹后窥伺着我们。我蹲在一匹马背上搭载的货物上,一个人走了过来,我跳下来让开。他从货箱里取出八根杆子,分发给众人。小灰蹲在我头上,我们一起看着他们,不知道他们要做什么。

众人似乎很紧张,一个看着像头领的人,给他们叽里咕噜地说着什么,似乎是要他们不要害怕,告诉他们这些棍子是非常好的东西,足够让他们平安度过夜晚。众人似乎放下了心,有序地排成一个环形防御阵。我又跳回了马背,小灰也落到了马头上。头领过来摸了摸我的背，似乎觉得我能够比他们更早发现危险。只要我不叫喊，他们就可以安心地看着漆黑的丛林。我瞪大了眼睛，左看看，右看看，似乎看到了在丛林里有什么东西在窜。它似乎察觉到我的目光，发出凄厉的歌声。那声音似乎来自四面八方，无法确定它的源头。一个人受不了这压力，他手上的长杆子开出了火花。被他这么一带动，火花争相绽放。队长大吼着敲着每个人的头，让他们停止开火。终于是停下来了。我隐约看见，丛林里的东西走了。我朝队长点了点头，他笑了笑，让大家放松下来，只留下三个人继续警戒。这一个晚上，没有再发生诡异的事情。我和小灰得到了两个果子，不知道叫什么。富有韧性的绿色果皮很薄，紧致的黄肉很多油，吃起来很香。

第二天早上，我们发现在营地周围有巨大的脚印。那脚印，有他们手里的杆子那么长。他们感到很害怕，慌慌张张地收拾东西就出发了。我看了看小灰，他也摇了摇头。他去过的地方比我多得多，他还有一些见多识广的小伙伴。我觉得，这可能是深林里的特有物种吧。今天的路很不好走，本来被大象开辟出的路，似乎因为江水过多，引起了山体滑坡，彻底地堵上了。为了翻过陡峭而湿滑的山，有两个人摔到了山下。一路披荆斩棘，我在马背上，看着都觉得累。两个人掉下山时，队长往天上不知道骂了什么。后来一匹拉着粮食和水的马也掉了下去，他整个人都有些颓然了。似乎，自从昨晚出现那个怪物以后，我们的运气就被收走了。接连两天，我们都感觉到营地外有什么东西。第二天晚上，还有一个哨兵失踪了。后来狗去把他找了回来。在他旁边有一个巫毒娃娃，和他的死状一样。我感觉队伍里的氛围不太对，似乎那些人随时准备杀了让自己放哨的人。

到了第三天晚上，大家又慌了起来。因为那被窥视的感觉又来了。一开始，他们对着林子胡乱开火，但是被急了眼的队长叫停了。他让队里的三个人拿起乐器，吹响了昂扬的军乐，瞬间把士气提了起来。人们排着队，有序地朝林子里开火，以及投掷燃烧瓶。他们似乎发现了那个怪物，所有人都在往一个方向开火。那个怪物磕磕绊绊地往后退。五个人骑上马，往怪物追去，边追边开火。没多久，怪物就被打倒了。我挂在一旁的树上，小灰落在树枝上，我们看着那个怪物，除了巨人传说，想不起来这还能是什么。队长用马刀把巨人的头挑开，发现只是个道具。里面是一个踩着高跷的人。大家把他的道具服脱下，看到他穿着一身米黄色的衬衣，袖子上挂着一个红袖标，上面三个字，似乎是"护林员"。他还没死，挣扎着坐了起来。我看见，他的小腿被打穿了。

"你们这些该死的偷猎者！"这个满头是血的中年人喝道。

"不不不，这只是个赚钱的营生。我们井水不犯河水，给你一成纯利如何？"队长说道。

"你们必定要遭天谴。"中年人说着，挣扎着站起来。把手往腰间伸去。一声枪响，他倒在了地上，胸口的洞鲜血汩汩流淌。他的手无力地垂下，一把匕首掉了出来。似乎为了扮鬼，他身上只有这把匕首。

大家欢呼着，不知道是摆脱了怪物，还是消灭了这个挂着"护林员"的人。我抬头看向天空，不知道什么时候，帆船后面的黑云，已经飘到了我们头上。在消灭"护林员"的第三天，人们举办了一个狂欢会，一个个打扮成鬼的样子，群魔乱舞。在营地中央，是堆积如山的象牙，和一头白象的尸体。我觉得他们坏事儿了，带上小灰，慌忙地往家跑去。不知道他们抓到鬼了没，但他们把守护神灭掉了。

38.小草

房间不大，只有一百见方。地面是米黄色的自流平地面，光滑而又美观。靠门的那面墙放着一个大型试剂柜，里面的试剂按照类型整齐地码放。两面墙在齐人高的地方以下，都是一个个等大的长方体水族箱。第四面墙下是一个长条形工作台，上面摆了许多烧瓶，还有两个小型气泵。大多数水族箱里只有小型水草或水藻，只有个别水族箱里可以看到色彩斑斓的鱼在游着。有水族箱的墙面下，有一道排水槽。水族箱的维持设备都还在工作，没有机械噪音，只有一些气泡，发出让人安心的白噪音。有的水族箱有灯，或是照明灯，或是造景灯，成了这房间的光源。天花板上有一个没点亮的环形照明灯，不知道开关在哪。在房间中央是一个"U"形的工作台，弯顶放着一台防水显示器。显示器看起来像是一块半透明的浅灰色琥珀，同样不知道在哪里启动它。左边的桌上放着三个档案夹，里面装着纸质材料。右边的桌面分成两部分，靠上的一部分是一个解剖台，靠下的是一个小型通风橱。不锈钢的解剖台和通风橱桌面没有半点污渍，工具也按顺序整齐摆放，就是有些积灰。

我坐着转椅，滑到左侧的桌前，拿起最边上的一个有些积灰的文件夹。里面是设备检修签名单。"吴黎明。"我默念道，感觉有些熟悉。我翻开文件夹，一本是实验记录，一本是实验计划和设计，还有一本似乎是草稿，写着许多计算公式和过程。这房间似乎是用来做诱变和育种实验的，没有什么特别的地方。我四处转了转，看见几个漂着死鱼的箱子。我感觉似乎有什么东西在注视着我，背后有些发毛。于是我转身离开，推开钢制的水密门，前往其他的地方看看。这扇门似乎是电动开合的，不过也留有手动操作机构。

　　走廊的灯不是很亮，还有一些似乎没接触好，一闪一闪的。地面一片狼藉，不知道都是些什么东西散落了一地。墙面也有很多污渍，我没去碰，虽然不知道是什么，不过看着就恶心的东西一般损害健康。墙面本身没有什么杂物或凹槽，它原本应该是十分整洁的。我沿着环形的走廊走着，不知道有什么在前方等着我。走到现在都还没看到窗户，这里似乎是在地下。不知过了多久，我觉得等着我的只能是起点。我找了一处通往圆心的走廊，这里又黑又冷，所以刚才没想着来这里。我摸了摸口袋，想找个手电筒什么的。不过没找到手电，反而找到一个身份卡，上面没有名字，在一个莫名其妙的有翼葡萄图标下，只有一个代码，"BN9283"。我不知道这是什么含义，也许是"Bomber Navigator"，"Benin"，"不能"，谁知道呢。我把卡揣回兜里，摸黑前进。走着走着，我感觉重力变得越来越小。这时，前方突然出现方形的光柱，从外边儿照进来。我拉着墙上的扶手，快速地飘过去。眯起眼睛看出去，巨大白色结构体泛着金光，漂浮在宇宙空间中，让人生出一种渺小之感。在结构体的表面，还有沿着圆环中线分布的巨大炮台。那炮口，似乎可以让一个人站着走进去。我趴在玻璃上往下看，一个个缓缓旋转的环形结构之下，是蓝色的星球。这时，我注意到，我的气息呼在冰凉的玻璃上没有水汽。我没多想，看了一会儿，就继续往中轴走。

　　中轴的电梯井似乎是堵住了，门都处于无法开启的状态。我打开可以手动打开的门，从人行通道飘了上去。一直飘到最顶端。我从一个小亭子里出来，眼前是一棵枝繁叶茂的大树，蓝色的叶子如同水晶一般亮闪闪的。穹顶应该是钢制的，但在正中间有一个玻璃窗。阳光斜照下来，穿行在璀璨的蓝色树冠里。树下，毛茸茸的草坪上长着几株矮化桃花树。桃树下挂着一些相片，里面的人许多都带着开心的笑容。有些站在一些复杂的仪器旁，有的只是拿着一本试验记录册，还有一些在和某种生物合影。场景千奇百怪，但是他们要溢出相片的快乐心情是相通的。青草桃花，在白光渲染下犹如广寒仙宫，连动乱都不忍波及这里。在这不染凡尘的仙境里走了好一会儿，感到有些凄凉。因为这里只有花香，没有鸟语，更没有游人。就像一个被遗忘的世界。我转了一圈，没有发现有什么特别的。除了穹顶上，不少闪着红灯的圆锥形铁疙瘩。就像是平整的钢板上长了萝卜，充满违和感。我想了想，眯起眼，仔细看了看这些在几十米外的小东西。不知为何，心里有些忌惮。

　　突然间，猛烈的冲击波把我拍在地上。然后，我感觉在向上坠落。如诗如画的仙境，瞬间土崩瓦解。我连忙抓住地面一个维修通道的门把手，把自己拉着进去。开门时，一堆零碎从里面飞出。在其中，我抓住一本笔记本。

关上门，打开通道顶的应急灯，我打开了笔记本。扉页写着三个字，"吴黎明"。"巧了。"我自语道，随即好奇地翻开。里面什么都有，复杂的公式，几串数据，备忘录，还有一些日记。我翻过密密麻麻的数字，这页纸上写着几句话。

"那天我遇见了她，在这桃花树下。照水花，扶风柳，仙女都要输她一分姿色。她对我笑了笑，没有嫌弃我这身工服。我第一次为我的工作自豪，我和那些只会疏通管道的家伙是不一样的。那身影，刻了在我的心里。我问她的名，但是她不愿说。"

我看了看下页，还是一堆的计算式。还有一些诸如几日几时参加例行汇报之类的，以及一些陌生领域的思维导图。然后，他的日记冷不丁地又冒了出来。我感觉有些负罪感，看了看身后，确定日记的主人不会出现。

"我申请了好几次调到维度站工作，领导没有同意。今天终于有一个机会，那里一个舱外电气工程师回地球了，正好有个小组维修工作，一时间没人顶班。我坐穿梭机过去，很快修好了，不是什么大问题，甚至不需要记录在这里。需要记录的是另一个，安保中心似乎没有独立的维生设施。如果发生生物污染，他们可能无法有效反应。我找了安全部负责人王岩山博士，他冷漠地点头，什么也没说。不知道会不会改。我人微言轻，就像一棵小草。我知道她在那，虽然没见着。所以我希望维度站是安全的。"

"我和同事说起了她，但是同事们都笑我。他们说，不愿意说自己名字的一般是机器人，因为他们只有一个编号。现在的机器人什么情绪都能模拟，和真人没有丝毫区别，甚至都不知道他们是不是已经有了灵魂。我想，是机器人又如何。这世界，谁还愿意正眼看一看我？当然，我还是希望她不是机器人。"

再后面就没有了，我也不知道他最后要到名字没。似乎被什么事打断了他的计划。我拉开抽屉，里面有一份空间站的结构图。除了我已经看到的部分，在最下方，似乎还有一个巨大的结构缺失了。

"警告，轨道偏低，动力系统离线，自动修复系统离线。"突然间，我听见刺耳的警报声。

我顺着通道小跑着，我也不知道要去哪里，蓝图上标的空港在缺失的那部分，空间站上层只有临时接驳位。每路过一个观景窗，我都要向外看，希望看到一架穿梭机，但只看到崩解的空间站构建。有一次真的看到了一个机翼，不过也只是机翼，没有别的。我多么想回到地面，我的家。

39.无战之地

　　夜晚的风带着溪水的湿气和湿地的土腥气，吹拂着小山丘上的青草。一座长满苔藓的庙宇屹立在小山包上，和背后的森林融为一体。云层遮蔽了天光，若不是门前的火把，还真不容易看见它。它用坚固而平整的青石堆砌而成，用石灰和沙砾粘粘，看起来还能再存在不知多少个年代。在庙里供奉着一个戴着王冠的人像。他虽然没有五官，却雕琢出了平和安详的神色。他的背上背着一面盾牌，右手提着一杆秤。在他的左手边，有一头白石雕塑的小象。庙前有一方浅塘，一条水渠把水从更高的山下引下来，然后通过浅浅的水槽流过这座庙的外墙，在溪边形成一个小瀑布。由于构造上的设计，这座庙应该有一个冬暖夏凉的效果。在石像两旁的墙上挂着一副石刻的对联："推己及人交相利，兼容并蓄罢战兵。"横批"兼爱非攻"。

　　"墨家？"我自语一声。

　　"这是不可能的，"我身旁一个年轻男子说道，"只要有敌人，就会有战争。只要有人，就会有冲突。"我看着他，越看越熟悉。不过他似乎没有认出我来，我暂时也不表明身份。

　　"没有人喜欢战争。"我说道。

"这我同意，但又如何？"他轻蔑一笑，"当核心利益存在冲突之时，当矛盾激化到无可复加之时，当时间不多而又迫切需要胜利之时，等等。有太多的情况，需要杀戮来解决问题。没人喜欢，但是必须这么做。刮骨疗毒，立竿见影。沉疴痼疾，药石难医。"

我们没有说话，静静地看着水塘里跳动的火苗。"我们在哪里？"我问道，我不记得我曾来过这里。

"你忘了？"他有些诧异地看了看我，"这里是科达马伊安邦联，三井城的青溪村。我们在三井创建了狩猎协会。"吴黎明说道。就在这时，我看到许多人举着火把过来了。

"吴先生。"为首的一个白发老人朝吴黎明拱了拱手。他下巴刮得干净，目光矍铄，穿着得体，整个人看起来十分精神。

"姜村长。"吴黎明拱手回礼，然后指着我，"这位是我在雾界边线结交的一位朋友，谢雨山。听他说，他是从海上过来，对雾界人有一定的了解。"

"海上！"姜村长仔细看了看我，其他人也露出震惊之色。

"这里没海吗？"我问着，同时想着为何附身到谢雨山身上。这不是原来在沙达镇的小伙伴吗。

"科达马伊乃雾围之国。尝有人深雾千里，皆为陆，海只在我之白象传中。传白象居一滨海雨林，然山苍莽，易迷惑，从无人行。"姜村长解释道。然后又问道，"小谢，汝知雾界因何忽来此多人乎？"

　　我想了想，人口的大范围迁徙，应该是发生了什么变故吧。我如是解释。姜村长点了点头，认可这种说法。吴黎明的眼睛闪过一道冷光，然后恢复如常。

　　"村长，那我们就出发了？"吴黎明问道。

　　"且慢，"姜村长说道，然后挥了挥手，后面的村民把一些瓜果放在石像身前。然后带领大家绕过水塘，站在门外向着石像躬身行礼。

　　"你们就带这些？"吴黎明看着村民们带着的点心问道。

　　"不足食？"姜村长露出疑惑的神情，然后看了看我，似乎是在问雾界人有多少。

　　"不是，我的意思是，你们不带武器？"吴黎明补充道，"我们不是要去帮雾界人作战吗？"

　　"兵所以驱诸猛兽，然青溪至营皆在内，无兽语怪迹，乃安乐之地。雾界人见玄武人非之，尚须我验其所由。今之志，为调停雾界人与玄武之争。大井城有信，令我如此，毕竟青溪乃处三井与玄武之交。"姜村长解释道，然后带着众人排着队，举着火把上路了。

　　"雾界人为何会来这里？雾界边线离这里有些距离吧？"我问吴黎明。我觉得有些疑惑，这里视野广阔，不像边线地区。雾界人在其他地方相安无事，难道就到这里出事？

　　"当然是我派了狩猎协会的人带他们来，不然他们就是到明年也不知道走过来。"

"为何如此？"

"这里人多，才有市场，我们要发展工业，需要劳动力。"
吴黎明说着，露出狡黠的笑容。我想了一会儿，觉得这么做似
乎也没问题，但似乎也有什么不对。我觉得，不该过多干涉这
一进程。像现在，和原住民起了冲突，不知姜村长他们打算怎
么解决。

青溪村和雾界人营地的距离并不远，我们没走多久就看到
了前方山坳后的火光。那里就是雾界人的营地。村民们拿着香
喷喷的面食品，和雾界人交换着各种东西。什么万花筒，发光
二极管，发条手表等等，他们对一些机械和化工的产品很有兴
趣。还有一位村民，用了一大块牛膀子，换了一张活塞式航空
发动机的图纸。服装各异的雾界人有了吃的，围着篝火跳起了
五花八门的舞来。我注意到，有人拿着一张脉冲枪的图纸给村
长，想换他的马骑。村长皱着眉头，没有同意，也没有拒绝。

"姜村长，你看他的腿有伤，"吴黎明也注意到了，上前说
道，"这样，你再多给点东西。这是双赢的买卖。"他对着拿着
蓝图的人说道。吴黎明看穿了他的小算盘，不着痕迹地冷笑了
一下。那人想了想，点点头，把脉冲枪的供能装置工艺图拿了
出来。他流露出恋恋不舍的表情。村长接过图纸，把马的缰绳
交到他手上。

远处响起了马蹄声，大概一百多骑举着火把快速奔来，停
在百步外的营地边缘。雾界人营地地舞会停了下来，紧张的氛

围在营地里如霉菌般滋生。姜村长把手放到嘴边，正要吹声哨呼唤他的马过来，突然意识到他的马已经换掉了。老村长小跑着过去，村民们跟在他的身后。玄武城的人看见了他，骑着马走进营地。雾界人都站着围观他们，露出警惕的神色。

"玄武副城主，李尚民。"一个穿着皮甲，留着短发的中年男子下马行礼。"三井青溪，姜白礼。"老村长回礼。

"姜村长，赘言少叙。雾界之人必去之。汝亦换得三两稀罕物，"他看了看姜村长身后抱着图纸的人，"然其有术者寡，且文俗与我多异，况习性不同，更有怪奇人众，"他眼睛看向不远处趴在地上四处嗅的人。"玄武城虽大，难容此多人。且看其手上之兵，非此界之物。而我和几也，未几人能用兵矣。汝能保其守神之道乎？汝信其携白杀者，愿于议案了事乎？"

"这……"姜老似乎没有考虑到这些。他本来想着，文化具有多元性是必然的。

"轰。"突然间，一个举着地神旗帜的骑士被轰上了天。一发震荡弹重伤了他。青溪村民看着地上哀号的骑士和折断的旗杆，心中五味杂陈。他们对和平的热爱和信仰，被人给摁在了地上。但是按照教义，即使如此，也还要用大义去处理这场争端。大家都没有说话，我看他们炯炯有神的目光，我猜他们应该有了不少想法。只是，时间来得及吗。

"笃努阿尼吕嗦金，奥尼巴特坡给！"一个端着银色大枪的蒙面人走了过来，他似乎，有一对猫耳？这是人吗，我心里

打鼓。我看向他的身后，还有一大群拿着各式武器的人，长得
也是奇形怪状。

"他说，给我们资源，或者我们用战斗争取过来。"在他旁
边，一个人翻译道。

"无战之地，呵呵。"吴寂冷笑道，"如此落后的地方，也
想实现公平。不可能的。战争，就要来了。"他说着，看了看
天上的黑云。

"其必不遵神之道，"姜村长用中气十足的声音说道，全场
都安静下来，不论能不能听明白，"然此一时也。爱人不外己，
己在所爱之中。不舍一人，终得大同。"

40. 无家可归的人

在我前方，陡峭的山崖下，天上的烈日似乎就飘在眼前。
稀疏的灌木在干燥而坚硬的黄土上顽强地活着。它们是如何淳
朴，如何顽强，以至于死神用万里的晴空，毒辣的巨日来考验
它们时，它们也只是默默地承受着，用无法磨灭的生机来反抗。
这里是科达马伊邦联一处高原的边界，普拉提奥城的辖区。来
自海洋的水汽被高原挡住了，所以在高原之下，只有浩瀚的荒

漠。据说在沙漠深处，还有一座叫法哈拉维的城市，守在雾界的边缘。

在我身后，是一座庄园。主楼是一栋三层的建筑。外墙的廊道用外观圆滑的白色粗壮石柱撑起，其上是没有顶棚的走廊，上面栽种着几棵橄榄树、棕榈树，还有一些不知名的奇异植物。在主楼外，有一条白石铺就的人工小溪，清澈的水流旁，是一片修得整齐草坪，四周种着不少沙冬青。在草坪上摆着一张铺着精美桌布的长桌，桌上放着一叠文件。两方的人隔着长桌就座。长桌上边坐满了人。在他们后边，还站着一排松垮懒散的，背着制式步枪的人。在长桌下边，只有一个带着白色袖套，穿着棕色长衫，略有发胖的中年妇女。她警惕地打量着这些人，不自觉地转着手上的笔。大家相顾无言，气氛紧张压抑。

"这庄子可真漂亮。"我看着这荒山上的漂亮庄子说道。

"那可不，项老爷的父亲是上一任的普拉提奥城主，科达马伊的伯爵。"戴着大檐帽的人说道，"不过不知道他们是什么人，看起来不是善类。"

"两位贵姓？"我才注意到身后的枯木上坐着两人。

"免贵姓薛，薛康浩。庄上的园艺工。"戴着大檐帽的人说道。

"在下周金鹏，"摇扇的人放下扇子，"我是庄子上的电工。"

"这些都是什么人？"我指向谈判桌那。

"黎明财团、普拉提奥城主府、科达马伊矿联还有一些小势力。他们手下的人可真不怎么样，上来还没开始谈事儿呢，就先拆起房子了。"周金鹏看着在远处花园到处破坏的人说道，一边摇着扇子给自己扇风。

"黎明财团？他们要做什么？"我问道。

"他们要买项老爷的庄子，估计是报复吧。项老爷之前把北边一个白土矿卖给了矿联，听说里面有什么稀土，值钱得很。然后得来的钱送给了宋先生，支持他开了个厂子，用雾界的技术搞生产。前一阵子，被黎明财团四处打点关系，封倒了。"薛康浩说道，"黎明财团的产品贵得很，还对科达马伊人和雾界人区别对待。"

"虽然黎明产品利润高，大头都到了他们高层那里，但是大家还是喜欢。为什么，这就是面子。新时代到来了，没有黎明的产品，亲朋好友会怎么看？"周金鹏接话说道，"有人说，'我为何要花八千买宋厂产品，得到一个只值四千的产品？'，那他们为何要花九千，买个只值四千的黎明产品？宋厂和黎明厂都有雾界人当技术顾问，产品我们也比较过，没有多大差别。宋先生是科达马伊人，自然交税交的科达马伊。黎明财团哪来的？没一个人愿意说。更何况，我们纯利并没达到成本价，而这成本价只是材料，人工和开发成本。具体成本多少属于秘密，他们就利用这点来造谣，还就是把宋厂造倒了。你们说这气不气人？我以前就在宋先生的厂上，宁可过来做个小电工也不给黎明财团干活。"

"你放心吧，项老爷对我们下面人还是不错的。"薛康浩安慰道，"我在这有二十多年了，你可以相信我。这里就和家一样。"

"科达马伊管不了黎明财团吗？"我问道。

"每次要动它，很多人反对。他们已经建立起了一个金字塔阶层，大家都能从比自己地位低的那层抽取利益。而最底层的人则离不开这座金字塔。不管碰哪个人，哪一环，都会被整座金字塔的人针对。而黎明财团想要把整个科达马伊都纳入金字塔里。宋先生想把金字塔里的人解放出来，而且避免更多的人被裹挟进去。"周金鹏说道。

"可惜了，不知道项老爷这趟出去为何就没有回来。若是他在，也轮不到这些人嚣张。"薛康浩说道，扇得更用力了，似乎在拍打着什么。

"他来也没用，你看这些势力，是我们这庄子能比得了的吗？"周金鹏无奈地说道。两人想起来伤心事，不再说话。

"轰。"远处一声巨响，我看向远方。余光瞥见长桌那人多的那方，众人神色淡然，有些人嘴角挂着微笑。远处，一辆外观硬朗的铺轨车撞塌了围墙，把轨道从院子外铺了进来。在它面前，沙冬青、清澈溪流、白石喷泉、灵动石雕，就和沙石一样，只有被碾碎的下场。

"汝意欲何为！"女人使劲拍了一下桌子。

"尊敬的项夫人，我是黎明财团在普拉提奥高原区的理事，在下姓韩，单名云字。"坐在桌子中央一个衣冠整齐、油头粉面的中年人人笑着说道，"时代是进步的，我们要向前看。你这庄子离普拉提奥有多远，你心里有数吧？在这里，不论种什么，养什么，都不会有好的销路。就靠吃老本，吃得了多久？你要知道，在这周围猎的皮子，挖的矿，在远方的工业区那都是抢手货啊。"他把文件推到她面前，继续说道，"我们也不是就让你们无家可归。按照合同上的协议，你将获得价值不菲的赔偿。"

"予不知此庄所直几何，汝若指鹿为马，我奈若何？"项夫人问道。

"诶，我们这不是有第三方公证机构吗？"韩云指了指一旁的普拉提奥代表。

"鄙人罗伟清，普拉提奥城公证处干事。我们的公证处绝对公平公正，不打诳语。对于你们可以销售的资产，我们按照市价评估。对于市场上少见的，我们可以估计你们的成本。我们是独立的，中立的，重诚守信的机构。"他脸上带着笑容，看起来十分真诚。不过感觉，演员表演起来怕是也不如他。

"秦城主，可记我家官人提携之恩？虽其今生死不明，而吾欲留此等之。"项夫人看向坐在桌子靠外的普拉提奥城主。

"项夫人，"秦城主卑微地拱了拱手，说道，"狩猎团之首，雾界者吴寂，乃陛前红人，权势滔天。况大兴工矿，为今之潮流。且贵庄扼边漠通衢之地，为交通要冲。民涛涛，某亦不能与之抗也。"

机械的轰鸣声传来，我看向铺轨车，此时它就像一只拉着线飞奔的蜘蛛一样。刚刚还在远处的围墙，现在就已经到了悬崖边了。我看着它，想知道它怎么对付这悬崖。只见它丝毫没有减速，直接冲了出去。就在即将飞出悬崖的时候，车头一沉，像是被什么往岩壁上拉住似的，又贴着悬崖向下铺去。

待我转过头去看向谈判桌时，突然有几颗流星从主楼的露台上飞出来，落到花园里。那里有许多士兵，正在挖掘奇花异草，以及搬运一些雕塑。冲击波像是一个气泡，从深水处浮上来。透明的分界墙迅速扭曲空间，像口香糖粘蚂蚁似的，粘着一群士兵飞到天上。

"勇卫阵线的反贼！"韩云变色，大喊道，"快去，务必抓住他们！"他命令身后的士兵立即行动。

我心下好奇，于是跟着其中一队人跑去。我们来到天台的时候，士兵们已经把罪魁祸首围了起来。在垓心，一个小男孩的身下放着一具高度集成的六管火箭发射器。还有一个和他长相有些相似的小女孩，怀里抱着一只兔子布偶，有些畏惧地躲在小男孩身后。士兵头领瞥了瞥头，四个人押着两个小孩往远处走去，一副上刑场的架势。我有些担心他们，于是悄悄跟了上去。他们走到天台另一面的角落，走得很慢，不过还是走到了。两个小孩也没有哭闹，就静静地看着他们。最终来到了尽头，孩子站在白色的石墙前，两名士兵对着他们举起了步枪。在他们身后，另外两名士兵背对着他们警戒，警惕地看着四周，手上的步枪处于随时可以激发的状态。我想阻止他们，但是一时间不知道怎么办。我没敢看，想要撇过头去。还没待我转过头去，枪响了，我感觉心跳停了一拍。两具身体坠地的声音传来，却是放哨的那两个。

"快走！"我出来喊道。两个士兵一人抱起一个，朝我跑来。他们也很紧张，枪都没顾得拿。我凭着直觉在复杂的楼道里跑着，眼前只有路，不敢瞟向别的地方，害怕看到四个方向，都有武装人员。不过害怕的事没发生，我们顺利地跑到了铁轨上。在这里，恰好有一辆拉矿的列车。

"我们没有派矿车来呀。"一个抱着孩子的士兵不解地说道。被他这么一说，我也觉得这实在是巧了。犹豫的片刻，我瞥见小兔布偶眨了下眼睛。

"快上车，来不及了。"我催着他们进去。未几，大批士兵往我们这追来，脉冲枪的光束铺天盖地。令人意外的是，所有火力都被矿车拦了下来。我们上车后，矿车自动开了起来，顺着在悬崖上的铁轨，一直往前开去，远离身后的枪炮声。

41.病毒

我坐在一辆缆车里，看向观景窗外。前方是一座沐浴在夕阳光辉下的巨构建筑。缺了一角的月亮就悬挂在旁边，像是芝麻粒般渺小。这座建筑看起来像是一只头朝下、斜插在地上的骨螺。在建筑南面的矮丘上，种满了红色的枫树。红色的光映照在螺坚固厚实的表面，看起来有些邪异。似乎，这不是没有生命的建筑，而是某种变异的生命体。指向天空的螺尾上长了两排长长的棘突，估计是某类天线。它的体螺层不是完整的，而是在靠近地面的地方发生分裂，分为上下两部分。螺的缝口是一整面的玻璃幕墙，只剩上下分别开了一口，供给行人和缆车进出。螺的四周和地面有一道缝隙，使得日光可以照到地下。缆车行进得很快，没多久，便进入了建筑巨大的阴影中。等来到近前，才发现这螺周围的这道缝隙其实很宽，底下还有一座小森林。随即，又穿过缝口，进入了体螺层。

我还在回忆着那点缀着星点荧光的地下森林时，车已经在车站停下。我不清楚要去哪里，暂时先随着人群走。人并不多，走入宽敞的车站后，就更没有几个人了。我很快找到一个熟悉的身影。我悄悄跟了上去，因为没有可以隐蔽身形，他看见了我。只见他皱了皱眉，似乎是和我不认识。很快我发现，似乎我没有控制这具身体，应该只是在一段记忆里。我看见我的手在空中不知比画了个什么，周围逐渐朦胧。等再次清晰的时候，已经在一个房间里。这具身体走到一个座位坐下，前面摆着一个书记员的牌子。在我对面，还有两张相对的长桌。房间里出现一团白雾，吴黎明从雾里走出，坐在了挂着"被告"牌子的位置上。

我打量起房间。这个房间的一切都很简陋，与这座大楼的科幻外观很不相配。桌子是四条细腿的木桌，还不是原木，而是不知稀释多少倍的合成木板做的。被告的桌子结实，估计是用某种高标钢材制造的。我看着深蓝色的地面，感觉坐在海面上。搓了搓脚，地面不知是什么材料做的，看起来光滑如镜，但我相信就是洒上水也不会打滑。房间整体是灰暗的冷色调。在三张桌子顶上各有一个吊灯，光束从黑色的天花板照射下来，在深灰墙的映衬下显现出丁达尔效应。

突然间，吊顶灯的亮度调小了，过道示廓灯亮了起来。挂着"法官""原告"和各自辩护的桌子上出现了全息投影。我和吴黎明对视一眼，感觉有些尴尬。房间里人影憧憧，不过就只有我们俩是真人在现场。倒是有两名卫兵站在吴黎明身后，不过它们就像是经费短缺了一般，蒙皮都没装，武装夹克外硬朗的身子骨清晰可见。

我这具身体开口道："下面宣读一下法庭纪律。一、诉讼参与人应当遵守法庭规则，维护法庭秩序，不得喧哗，吵闹，发言应当得到审判长允许……"

"停，"审判长桌上出现了一道投影，这是一个有些白发，目光锐利的中年人，只见他摆了摆手，"这位被告还不够资格占用我们多少时间，直接开始审判流程就行。"

"我申请由人类审判团审判。"吴黎明突然开口道。

"肃静！还没轮到你说话。我不是人吗？"审判长厉声道。

"就只有你一个人是人。"吴黎明说着，看了看周围一片死人脸的投影。

"住嘴！被告发言未批准。书记员。"

"审判长，上诉人和被上诉人都已到场。准备就危险生物制剂致重大财产和人员损失进行诉讼。"这具身体说道。

"开庭。本案由联邦政府提起公诉。本案被告吴黎明在同步轨道高能维度实验空间站内，投放一支危险生物制剂。由于病毒扩散，全球 90 亿人口已受到直接或间接影响，造成极为严重的经济和财产损失。本案审判长杜亦正，审判团其余人来自第 51 人工智能审判团，吧啦吧啦。好了，由于实验站没有幸存者，现在由我们法院代为展示证据。书记。"

我这具身体看了看三合板桌，上面似乎有字。"8 月 12 日 18 时，吴黎明在实验站 137 层电气维修通道的材料寄存平台，使用轻合金手提箱打击中央通风系统围栏。然后，将手提箱里的大量杂物丢入通风系统。其中，包含一支生物样品管，推测为自冷矿油液封活菌管。经查证，该生物样品有 97% 的概率为 Fuzip2345 毒株。此菌株本身即具有高度的变异能力和传染力。二十年前，在第 2278 城瑞科镇奥雷山生物实验室发生了一起意外事故，事后实验室即被关闭整顿。由于被人为破坏证据，罪首未被抓获，经分析，91% 的概率与本案被告有关。在整顿期间，实验室发现了战争武器候选对象，Fuzip2345 储存管有一缺失，导致了该实验室无限期关闭。经过两年观测，未发现病毒泄露迹象。而 Fuzip2345 菌株在实验站的维度隧道激发核心附近，受到未知诱变因素作用，成为 Fuzip2345-HY 型变异株，可造成急性重度精神分裂，狂躁，嗜睡，急性心脑血管疾病等，因人而异，作用方式极为诡异。它可以使使肠道菌群产生多种生物活性物质，许多都是未知物质，还处于分析当中。已鉴定出的物质包含 LSD 类似物，其具有强致幻作用。患者普遍反对管制措施，并躲避检测，以及表现出极端的利己主义。目前，Fuzip2345-HY 的实验室培养和超算模拟都遇到了极大困难，疫苗开发进展缓慢。经过联邦各机构的努力，Fuzip2345-HY 引起的疫情，还是无法阻挡。病原体传播极为迅速，目前还没有发现主要的传播途径。这些是对当事人进行深层记忆再现术获得的一些音像记录，现场提取物证，以及人工智能审判团的数据分析。采样和分析方式符合联邦律法以及科学顾问的建议。"

杜亦正摸了摸下巴，然后看着吴黎明，摇了摇头。他看向联邦代表桌后坐着的一排面瘫人。"请原告及诉讼代理人发言。"

"根据被告吴黎明的成长经历，加上维度实验站事件起因，我们认为被告虽不具有主观恶意，但其罔顾科学常识，冲动鲁莽，以至于造成重大损失，行为极其恶劣。由于其个人已经不具备赔偿和补偿能力，加之联邦在六十年前就已经废除死刑，我们认为，应当将其送入维度实验核心的备份中，进行实体跨维度实验。目前，我们还需要一个活体人类去测试一些阈值的安全范围。成为科学的探路石，也算是死得其所。我们相信，相比于流放宇宙深空，被告也会认同这一方式。"

"被告及其诉讼代理人可以答辩。"审判长看向吴黎明说道，但是他身边的机器人，似乎电路有点问题。头一沉一沉的，看起来像是在钓鱼。

"我对 Fuzip2345 和其变异体的关联，以及 Fuzip2345 变异体和全球异变的关联有疑问。"吴黎明看了一眼离线的辩护机器人，无奈地继续说道，"据我所知，自冷式复合脱水油液封瓶里保存的菌株是休眠态的，如何能在如此短的时间就控制了实验站？实验站是否本身就有危险病原微生物样品，正好也出事故了呢？"

"被告答辩无效，"审判长冷冷地说道，"Fuzip2345 和 Fuzip2345-HY 都从患者身上提取到过，也从基因层面证实了它们之间的联系。至于你的问题，具体原理涉及联邦机密。"他顿了一顿，说到"我给你五分钟时间组织语言，或者重新雇一个辩护机器人。"

"我要重雇……"吴黎明话还没说完，房间外传来剧烈的爆炸声。全息投影被震动得闪烁起来。没多久，全场的投影都熄灭了。两个警卫机器人互相对视一眼，摁着吴黎明往房间外快步走去。打开门时，发现大楼只剩下了一半。残破的断口，还在滴着液化的铁水。这是一个烈焰的世界，空间，时间，都在向使万物寂灭的高温让步。天上有五架战机呼啸而过，由于天太黑，只看得见它们的尾喷口。往远处看去，似乎有潮水在翻腾。潮水很快就到了近前，才看出来黑压压的都是人。螺周围的缝隙挡不住他们，因为早就被大爆炸轰平了。战机盘旋着往地上丢去一个个光球，略微阻挡了潮水涌来的势头。就在我以为战机能挡住时，潮水散开，露出里面的一个球形物体，就像一个小太阳。

空间在"太阳"前扭曲，似乎有肉眼不可见的射线在发射。再看向战机，看了一会儿，并没有看到它们。只在远方，看见五朵升起的小蘑菇云。一架小型民用运输机闪着灯，从远处飞来。来到近前时，我看见它的机身上印着夜神教的黑环炮塔标志。它刚打开舱门，就像一块白磷一样，剧烈燃烧起来，旋转着往地下落去。这是来自"太阳"的攻击，我往那看去，黑潮中的一股已经把它撞击得转了方向。成片的黑潮被清空，他们似乎发生了内讧。趁这机会，一架刷着法警标志的小型隐身运输机突然在我们面前显现，载着我们远离了废墟。

云雾沉沉，飞翎吹落杜鹃雨。杨枝一缕，画作逢春树。
霜结芙蕖，难断梅花数。天不语，山河倾覆，难觅修月斧。

42.神医

我面前是一张红漆的木头方桌。桌子非常简洁，没有束腰，只有牙板支撑，直来直去。桌上放着一个胖肚的瓷壶和一只瓷盏。坐在这里并不会很晒，因为在上方有外挑的飞檐挡住阳光。由于地势高，这里的视野几乎可以不受阻挡地看到城外岬湾的港口，高山上的亭子。近可以看到穿过城区的九曲溪里多彩的荷花，以及在街头巷尾多彩乔木下玩耍的孩童。这里是云松城，这处海湾，就叫作云松湾。

一阵铜锣声响，在快板的伴奏下，慢节奏的二胡和唢呐的声音响起。"我乃外乡过路人，会天大雨步履沉。雨里穿行两时辰，终是寻得小山村。"

音乐一断，"哎！"

音乐再起，节奏加快。"头疼脑热病难忍，往那酒家买一樽。小二笑我不逢时，前日有人医如神。可医眼翳脏腑痛，针药脉穴样样通。"节奏减缓，"村头一户有顽童，攀那高树把蛋偷。怎料脚下一个不稳当，芝麻未得西瓜破。"

音乐转为变徵之声，"叹天道真无情，两鬓催飘零无奈憔悴。长盼罢战关山外，徒留断刀葬青柏。昼扛锄头下山田，夜织麻布换闲钱。惟子康且乐，不记昔时弹琴桃山阿。"

音乐加快，"神医闻言急动身，刀盒药罐长短针。火油棉布鱼肠线，几面光亮琉璃鉴。未至村头孩童家，五人持刀拦身前。村南有一泊水寨，与人火拼却兵败。老三横死荒石矶，老大中箭剩一息。那箭射入有那么那么深，血流了这么这么多。闻听神医在此地，可生白骨把鬼医。若不随我上山寨，同归地府把账清。"

音调变缓，"神医无言径自行，镰锄四围是乡邻。恐那老二来报复，要赶神医救匪兵。"

音乐停，"神医曰：我且问，何知当救不当救？"缓慢的背景音乐下，那人淡淡说道："众人犹豫心犯难，顾盼左右言他物。"

激昂的音乐响起，"神医自答道，无他，能救则救，唯无愧于心耳。"

这一曲《神医》到这就结束了，我点了点头，看向正往楼上走的一个商贩，他挑着的货物似乎是一些猫皮。邻桌一面色冷峻的女子看着他，眼中似乎有了些恨意。我看着猫皮，记忆里多了一个场景。

夜里，大风呼啸着，似乎里面藏着什么怪物，或者这风本身就是怪物。路上的行人很少，但是积雪还是被清理过的。堆在房子边，比人还高。在一个院子里，挂满了猫皮和猫皮制品。许多穿着华丽服饰的人说着粗鄙的言论，在这个院子里进出。我看了看牌子，上面写着"黎明商行"。在旁边，是一家医馆，里面坐着一位中年医生。里面坐着一些轻伤员，由他的学徒给他们上药。

"你也是被那女人伤的？"一个声音问道。

"你是说那个脸胖胖的，还长着麻子的中年女人？"另一个声音说了自己遇到的人。

"不是，是一个五官清秀，但是皮肤黝黑的人。"最先发问的人说道。

"我们似乎不是在说同一个人。"

"我觉得她们即使不是同一个人，也是认识的，甚至是某个组织的。不然为何都砍掉我们的大拇指以示惩戒？她肯定不知道，我们这有个神医，断指重接对他来说都是小事。"

"真不明白，怎么有和钱过不去的人。我曾建议让她参一股，直接上来就是一刀。"

"应该是不知道这猫皮子卖得有多好吧，这可是大市场。也可能只是心里有病吧，也许给我们的神医看一看就没事了。"

"呵，我觉得神医要出事了。她砍我们手指似乎是想摸清我们组织的联系和一些外围结构。不过都被神医接回去。"

"呸，别乱说话。要我说，我们就多找些人，在库房那埋伏起来。然后，嘿嘿嘿。"那人坏笑道。

这时，我注意到，一道由远及近的白色的光柱凭空显现出来，越来越清晰。我感觉不太对，走出医馆，顺着光束飞跑。这光束一直连到三里地外的山上。我在一片松枝搭成的伪装掩体后看见了一座充满未来感的哑光白色小炮，一层层的炮管旋转着，像是肉食蠕虫的环齿。光束就是从这里发出的，而且在持续增强。一个穿着雪地伪装服的人藏在树下阴影里，手里投影着一块地图。地图上锚定了医馆的位置，还有充能进度，已经充了五分之四。此时，光束已经变得十分明显，几乎整个镇子都能看到。只要激发出来，必定是毁天灭地般的力量。可奇怪的是，似乎没一个人注意到这怪事。我看了看炮上的充能指示，发射下限标在五分之一的位置，而进度条已经快要到达上限。

炮管那侧突然冒出一对长耳朵，它们转了转，然后冒出来一颗兔头。它顺了顺耳朵，突然跑走了，然后一只松鼠从树上飞了下来。女子看着追逐嬉戏的一群小松鼠和小兔，摇了摇头，摘下了伪装服的帽子。在最后一刻，她还是决定留这医生一命。她一挥手，收起了炮台，落寞地转身离去，神色有些迷茫。

43.逃离

吴黎明看着眼前的运输机残骸，从极少数依旧完好的钣金件上依稀可以猜到，这飞机看着像是被白蚁蛀蚀的木头，原来应该是极为轻便和先进的。他锤了锤头，感觉脑子一团糨糊。他记不清，自己是怎么来的。他看着脚下的地，他似乎在一座巨大的石柱山上。他扯了扯领口，这里风不大，但是很寒冷。石柱静静地浸泡在云海里，不知道已经存了多少岁月。正当他觉得自己在一处高山上时，他抬起了头，然后继续抬头，那余光里以为是差不多高的山，一直深入更高天的云层，也没有收束的迹象。他看了看四周，发现在更远的地方，类似的山还有几座。在一些大山之间，还有一些不知怎样架上去的铁路桥，就像绷直的蛛丝一样搭在高不可攀的峭壁上。他看着如此磅礴的山势，令他感觉呼吸有些困难。他觉得，就是印象里的太空升降梯也不如这般。他点了点头，确定了自己一定是又进到了梦里。在他的星球，没有如此诡异的地方。

　　看了看地面，没有异物，他缓缓坐了下来。呼了口气，胸口的压抑感觉缓解了一些。他手边有一个手提箱，他打开来，里面是他写的备忘录。他不知道是谁给他的这个通体漆黑的手提箱，他曾把它丢弃过，但总是会自动回来。他打开箱子，看着几张"民用电器联盟"的传单，自嘲一笑。他曾经以为请一大帮人一起演，去骗一个人很容易。没想到演起来是如此的累，还在第一次就被人发现了。他想起了那个女子，虽然比不上仅剩的记忆里的那个她，但有着一种独具一格的气质。"剽悍，"他喃喃道。毕竟，不是什么人都会那么快就意识到被骗了，然后提着一把脉冲枪追了一路，一直追到无边无际的浓雾里，还向着浓雾死命开火。他举了举自己的左臂，他想起来，她的火力压制差一点就击中了他，那是他第一次在梦界里感受到一种要死的感觉。他回忆了一下前因后果，似乎最开始就如同现在这般，莫名其妙地出现在一个地方。然后，发现并打开手边的黑色手提箱。在里面，会有自己写的备忘录以及任务清单。手提箱会告诉他离开梦界的条件，然后他会记在自己的任务清单上。若是不完成任务，他将永远困在那里。

　　他看着已经被一条条横杠画过的任务清单，莫名地滋生不少成就感。"帮助'渊云制药'销售一亿个单位的重辐射急救药"的任务后面写着几个计划，包括贿赂高官进行推广，用自己的知识对电子产品辐射进行曲解，后面甚至还有一些天书般的公式。他相信，在那个世界没人能看懂，绝对会相信他。但是他丢出这个公式后，发现没有人理他，却利用他给的启发，各自发论文去了。于是他选择了最后一个，对这个世界低级的网络和人工智能技术进行破解，以残存法西斯的名义做了他们梦想中的事。当太阳在全球发芽时，他的重辐射急救药销量格外好。

他又翻过几页："留下由于环境污染日益严重，准备离开这个世界的神话生物。"他揉了揉额头。他想起来，这个任务曾经让他十分头疼。当时他在一座面积颇大的岛上，虽然矿产丰富，但与世隔绝。他曾经按照那时正好想起的记忆，造了一艘低配的"大气层要塞"级战舰并着手建造武装卫星，准备去毁灭那些乱丢垃圾的人，但想想都觉得累。他还得造一些能突破雾界的近地轨道卫星去找他们然后跟挑虱子一样一个个揪出来。还不如利用手提箱标的地点，直接把那些神话生物永远留下。不过有些神话生物他也没办法对付，就在他做好心理准备面对逃离不了梦界的现实时，手提箱告诉他任务完成。原因是没人知道过那些生物的存在，所以他们在不在也无所谓了。

他站了起来，突然想去水族馆看看。那里关着一种看起来杀不死的生物。当然，他自信自己也有办法杀死它，只是它不在任务清单上，不知道擅自杀了会有什么后果。手提箱告诉他可以把标本放在一个水族馆，而这生物早已在那。它可以产生一大群长得像大泥鳅的雌体，还具有干扰认知、蛊惑人心的能力。他强忍着才没有对着隔离窗开枪，差点就这么做了。为了避免自己出不去，他在那里放了几把假枪，免得真有人拿枪打碎隔离窗。他看了看其他几页，包括"获得更多人的理解""解决难民冲突"等等，他突然察觉，自己虽然在这些低级世界只手遮天，快活无比，但总感觉是在逃离什么。每解决一个问题，都感觉这个世界变得更诡异了一分。他虽然一次次从梦界离开，虽然一次次按照自己内心的欲望行事，但却像一个牵线木偶，一次次地想要逃离。而且，他担心的事似乎要来了。也许有一天，他再也无法从大拇指逃到食指，而是被手提箱牢牢攥在手心里。他看向手提箱，这才是真的超自然。他看了一会儿，猛地转身。按照惯例，在这时候会出现一批志同道合，不，臭味相投的人。他转身看了看四周，没有半个人影，一片寂静。他看向运输机货舱里散落的盒子，想起来在现实界的一些事。当时，由于高能维度实验站出事，所有空间站项目都无限期停止。他失业回家，父母要带他去和他们的老同学聚会。吴寂不同意，说实验站里是病毒泄露。他回来的时候发现自己收藏的橙色小管没了，就意识到了这点。他说，待在家就好。他的父母不同意，说是交际是很重要的，一定要和他们聚一聚。吴寂觉得为什么要和从不往来的人交际，但是拦不住他的父母。后来，他的父母得了 Fuzip2345-HY 病毒。他去申请公民保护计划发放的冷冻仓，使得他们可以坚持到解药研发出来。结果免费的冷冻仓被炒到了天价。有些机器人闹罢工了，不知道是什么毛病，但不过是占用些产能。都什么时代了，足以人手一个冷冻仓，不知道它们都到了哪里。

吴寂感觉身后安静得可怕，让他感到心里发毛。一遍遍地回头确认，终于，他看见有一批人，呆滞地从石柱山下爬上来，在雾气里显得鬼影憧憧。待到近前，他看到这些人穿着印着黑环炮塔标志的斗篷。他想起来了，这是他在"获得更多理解"任务里培养的小弟，还建立了一个叫作"夜神教"的组织，以嘲讽那愚蠢的月神教。吴黎明笑了笑，有种他乡遇故知的感觉。可等那些人走得再近一些，他心里有些忐忑。因为"鬼影憧憧"还不单是个形容词，他们真的没有实体。为首的那人他有点熟悉，似乎是很早以前见过的，叫什么，浊浪道人。

"当教主的滋味如何？"浊浪道人沙哑的、阴恻恻的声音传来。周围的雾气和深渊下的黑暗似乎都在相应他的话语。吴黎明感觉情况似乎不太对。他悄悄后退，却被不知什么时候落在地上的手提箱绊了一下。地上的砂土，什么时候如此锋利，划得他满手是血。但此刻他丝毫也顾不上，因为死亡的感觉再次笼罩在他的心头。前方的浊浪道人，手里一团黑气在翻滚。他不知道那是什么，只是知道，自己可以免去挨上第二次的痛苦。他感觉四肢身躯，离脑袋越远，越没有力气。他用手撑着，坐在地上后退。他努力地回忆小时候，那时他似乎全无畏惧。不知道是因为孤陋寡闻，还是有父母在他身后，还是脑子就一根筋儿，反正不会是像后来，为了逃离，为了掩饰，而装作无畏无惧。他现在再也演不下去了，他感到无比地恐惧。

"呵呵呵呵。"浊浪道人欣赏着他狼狈的样子，发出瘆人的笑声，深渊的寒风随着他的笑声翻滚着。不过石柱山反而没有这个耐心，主动缩减了它的边界。深渊张开了嘴巴，把吴黎明吸了下去，像是吸走了一只微不足道的蝼蚁。

44.吴寂讨逆

吴寂，字黎明，雾界人，籍贯及家事未详。传其新元五年随雾界流民来，以才为云池司库。云池者，瑾之重镇也。《北地志》曰："原北有山，其高万仞。曩时，原野大旱，赤地千里，神怜之。遂于原北起高山，以上清之气为云，地脉之精为水。其山名云池，其水名白希。传有龙居于云池峰，偶翻潮覆电。然山高极，无人能登，故无亲睹之人。白希流大，传上应天汉。有鱼人，身体通白，人身鱼尾，亦以白希名。其人通音律，知文字，会术数，擅纺织。后因水量渐少，迁至他处，不知去向。出其北，为雾界。雾界为雾之源，长为雾掩。而其缘只薄雾，多奇人。然雾界土人曰，雾非在此方，而在彼方。山间有谷，与商旅往来。谷前地缓，有水泊，遂渐成一寨。因商旅渐多，后有吕氏富贾修寨为城，供其乏困。及瑾国立，以其环山抱水，地势险要，遂添砖石以为塞，以山名。"温平十五年，天下剧变。帝国一旦倾覆，更制共和。宗族为大，世家当权，阴分十六，共尊夜神，更历新元。月神以善道教化天下，而夜神以逐利释放人心。吕氏据云池，享山原千里之地，号云川。

新元二年，隳古迹，坏礼制，乱法纪，害良善。世家专权，拥兵自重，分裂山河。世家城，荣昌盛；边缘地，了无依。各人自扫门前雪，无人管他瓦上霜。云川尊工匠，无苛税，民拥之。新元三年，世家争权，商贾交恶，物价飞涨。会雾界有变，土人离乡，寻庇于大瑾。雾界土人言，有鬼物食人。凡为善者，皆食之。众皆以为虚妄。新元四年，时有黑云压城。云中有鸟，无翅能飞，能喷火杀人。此鸟甚奇，只侵郊野，不近城池。至夜，有异兽伏于野，捕杀行人，民恐。遂城外人益多，欲入城求生。各世家皆出兵讨伐，然异兽快如影，迅如风，又似刀枪不入，水火不侵，众军应对不顺，拒讨无功。吕家军遂不再出，龟缩云池。新元五年，知异兽攻伐非只天性，有人控之。其人身着灰衣，上印黑环炮塔，不通言语。众名之玄军。

时有人谏吕家，言玄军罪恶贯盈，天命诛之。当兴义师，民自箪食。澄清四海，立定厥功，惟克永世。吕家不之，言国失四维，离心离德，亦无兵甲之利。难求无负，何以言胜，遂不再言。新元五年秋，有侦鸟从城过。不几日，群鸟云集，不知其欲察何物。时城主悦寂所献照明奇物，封司库。会寂出城采买，玄军至，携异兽，多如潮。寂常浑噩，然见玄军，如有世仇。单人独骑，持一手炮，奋勇冲阵，所向无前。玄军欲抗之，然弗如远甚，强遁逃。光球四射，潮水退去。城主召之，问其缘故。其答曰，玄军乃叛逆，且助纣为虐，作乱天下，当诛。又问其奇兵，皆一一答之。并愿献与城主以讨贼。城主大喜，擢寂尉，参与军事。然城主不愿入雾界讨逆，只彰其力于诸姓宗族。寂屡劝其兴兵，言千金使人传不如一胜天下闻。城主或惧触怒玄军，或惜财帛性命，坚守不出。寂叹息，遂辞官，欲往他处。城主阴使人刺寂，皆失。寂不愿多杀，自去。有百人尝见寂独战群兽之勇，服之，与寂同去。

寂领众沿白希下，至带山。《北地志》曰："希水中上游，水之阳有山，去水十里。高狭萦绕，形似衣带，故名带山。水弯淤积成原，有村。后增为城，修津渡，皆以山名，与山隔希水相望。山下有一庄，名翠微。雾界李白曰：'摇笔望白云，开帘当翠微'。翠微人擅酿，其酒澄黄清香，远近闻名。

　　寂引兵驻带山城郊，以铁器奇兵营生。寂兵多有奇兵，张狂跋扈，恃兵凌弱，戏弄良人，民多有怨。未有一月，有人不习水土，或不习劳作，多叛。五年冬，玄军突袭。寂领五十余众死战，敌退，流血漂橹。集众清点，仅存廿二。又十人惧，去之。是夜，寂南望白希带山，叹曰："寒城千山围，青苗暮雪堆。白水向东去，何处始得归？"。

45.分享

　　岱山云上卧，白龙雾里眠。红叶枫下泊，黄草盼春天。带山一战，城缺一半，流民四散。吴寂等与少数人南渡白希河后，没有再往南迁徙，暂居翠微山庄。剩下的十二人里，除了我之外，里面有三个人看起来很特别，分别是一个温和的胖子，一个瘦弱的矮子，和一个冷漠的女子。

　　胖子名叫夏江湖，没有丝毫江湖侠士的凛冽杀气，就一个看起来毫无脾气，还有点驼背的胖子。他见人总会和善地笑笑，有点儿像土拨鼠，所以我们也叫他"肥鼠"。我不知道他是怎么在前天的大战里活下来的，也许他的肚子装的都是福气吧。当然，也可能是因为他的智慧。他虽然胖，但不是脑满肠肥。他懂得木匠和铁匠的活儿，也懂渔牧农耕。他还懂得很多，比如酒和醋都是如何酿的，改变什么条件，可以酿出不同类型的酒。如何杂交粮食作物，避免种子退化。他还懂得如何索降，以及如何用植物纤维编织出能承受他体重的绳子。在我们惊奇的眼光注视下，他的解释同样令人惊奇。他很容易饿，所以努力学习食物是如何生产的，自己种一些，免得什么时候饿死。他很胖，怕火灾时没法下楼，所以努力学习编织和索降。同样由于太胖，找不到合适的家具，于是自己学习制造家具。还是由于胖，他不喜欢体力劳动，所以看了很多书，正好也有天赋。所以最后在一处学堂当教师。我们不知道他为什么决定跟着吴寂南征北战，只知道他很喜欢笑，似乎不笑，就会想起什么不好的事。

这个小矮子不一般，姓孙，名仁，字刚武。他是一名出色的猎人。无比敏锐的危机直觉，以及对痕迹的洞察，在不加设备辅助的情况下，就是最早的百人队，也无人能望其项背。他看起来十分干瘦，皮肤黝黑，有着铜铃大眼。精通机关陷阱和弓弩刀剑这些冷兵器，在战斗中有相当高的生存能力。更何况，他十分耐饿，以前曾经为了追猎一只在陷阱里受伤的猛兽，不吃不喝连追三天，还能与其搏斗，将其斩杀。

那个冷漠的女子，我们都不知道她叫什么，只知道也是雾界人。在玄军第一次进攻云池关的时候，她就在城头上战斗。她是团队里唯一不用吴黎明提供武器的人。她惯用模块化脉冲枪，各种射程和火力的武器她都能变出来。她似乎还会易容，每次见到都是不一样的外貌，一样的冷漠。我看着她，感觉有些面熟。

"我想起来你们是谁了，"吴寂从江边刚靠岸的船上跳下来，走到我身边。他刚才去水下布置机关和武器，避免对方涉水登陆。"月神的代理人。"他指了指我身后背包里冒出的一对兔耳朵，还有她肩上的小兔子。"弱，真的是弱。"他毫不客气地嘲讽道，似乎这性子永远改不了了。

"教主，个人的强大又有何用？"我也不客气地反驳。

"你知道这事？你认识浊浪道人？"他很意外。

"喏，那女子的父亲，已经被你的核爆杀了。"

"你知道的太多了。"他目光冷冽，杀机四溢。

"斩我以殉国，欲谋不忠乎？我们是看你已经走向了正确的道路，才愿意与你共事。你可想知道你教分裂的原因？"

"什么原因？"他问道。

"你推行的利己主义不是社会所期望的。虽然可以快速获得众多拥簇，但是'民之所欲，天必从之'。你的拥簇们都希望只有自己是唯一的，唯一可以实行利己主义的。这会导致什么，就不必再说了吧。"

"呵呵，如果一个人极强。他无所不知，无所不能，一己之力，就足以移山填海，倒转星河。他能取得胜利吗？"他反问道，"人们所做的一切都与他们的利益相关。"

"如果他真的无所不知，他应该会知道古人曾说过'世有三亡'，在历史上反反复复地应验：以乱攻治者亡，以邪攻正者亡，以逆攻顺者亡。"

"你觉得，这黑潮，是不是大势所趋？我们在这负隅顽抗，是不是逆天而行？"他的语气没有这么激烈了，自己也开始思考这个问题。

"是，也不是。在局部，黑潮是大势，抗之则亡。在大局，黑潮是逆势，终将受到限制。你反抗黑潮只是为了报篡位之仇吗？你对我们仍然跟随你的同伴又如何看？"我问道。

他缓缓点头："是的，一开始就是为了报仇。我一手创建的夜神教，遍及各个国度，就这么被夺走了，还一直来追杀我。至于同伴，我很感谢你们。你也看到了，我把目前能造出来的最好的装备都给你们了，不然带山城那都出不来。"说完，他看向水面。白希对岸，还埋葬着二十多位好伙伴。

"你可是利己主义者啊，"我揶揄道，"舍得吗？"

"我不知道多少人可以走到最后。"他没接话，自顾自地说道。

"最后什么？"我问。

"噩梦的终结。"他想了一会儿说道。"现在还在的算是历战精兵了，我们起个什么名号？"

"常胜。"我想都没想说道，然后从包里摸出一个火折子打量着。

"我们就没赢过，叫这名合适吗？"他有些疑惑。不过一个声音打断了他的思考。

"你还吃，别吃了！你都那么胖了。"一个打饭的老头斥责"肥鼠"，把他碗里的馒头拣出来，放到孙仁的碗里。我们看向取餐的地方。"肥鼠"夏江湖点头哈腰地退开。走远后，孙仁把馒头还给他。又从自己碗里多掰了半个，"肥鼠"摆了摆手，没要。南下的人已经带走大部分的粮食，翠微山庄的存粮不多了。更糟的是，现在四处战乱，不能耕种。所以都是每人限额发放。

"你这姑娘还藏吃的！"一个中年女人指着抱着小零食吃的冯钰姝，"交出来，不得私藏！"吴寂看着冯钰姝把脉冲枪对准那个人，开始蓄能。枪口的白光越来越强。

"算了！各退一步吧。"他往那喊道。中年女人骂骂咧咧地走了。

"就这样，我们会赢吗？"吴寂悲观地问道，"他们可是越来越强了啊。已经有一些我也不明白的技术，还有一些没有实体的人。有技术优势的日子很快就要结束了。"

46.大风

翠微山庄没守住，一些水下机关而已，并没有拖住敌人多久。多亏了吴寂的预警装置，我们才没有被突袭冲垮。为了歼灭我们，他们出动了不少隐身杀手藏在我们撤退的道路上，还有重型武器轰炸翠微山庄。一行十三人现在就剩下十人，匆忙撤退的时候，肥鼠和我们走散了。带山城的时候给他做过一台单人步行甲，不知道能不能保他一命。还有两人运气不好，一个被重炮击中，一个撞上隐身刺客。吴寂给我们发了侦察隐身目标的头盔，但是那个刺客并没有因为自己隐身就大摇大摆地袭击。他就是不隐身，我们也很难看到他。我们一直在往南撤，也许在南边，也有人在往北撤。我们坐在步行甲的驾驶舱里，厚重的玻璃外，大雾，大雨，寒气，黑暗，逼迫着喜光生物迁徙。吴寂发现冯钰姝竟然有在梦境里造物的能力，生产流程快了很多。不过简化版本的步行甲需要六个人同时驾驶，所有部件也显得很粗糙笨重。就是这样，也比徒步奔跑快多了。另外四人坐在顶上淋雨。没办法了，只能这样将就了。

"如果到最后，也许只剩下我们三个。"吴寂对我说道，"不知道在梦里是不是不死的。我曾经掉入界阱过。"

"后来呢？下面有什么？"我好奇道，我从来没下去过。

"我不记得，有什么东西清除了那段记忆。我试着用细胞状态还原过，但似乎是时间这一级别的武器。反正我现在还活着。我意识到，这个世界是无穷无尽的。如果我们走投无路，遁回雾界，下次不知道什么时候再见。真有点儿……"他在思索什么词表达合适。

"无家可归的感觉？"我接话道。

"嗯。"他点了点头。"要是有人工智能种子就好了。但是不懂怎么和她解释。"吴寂擦了擦汗，继续说道，"这是我们那一百多年前的步行甲，当时用来在山地运送伤员。很快就被淘汰了，不过有少数民用版本用在深海挖矿。能走这笨家伙的地方，一般直升机也能走，反之却不行，非常鸡肋。小时候我喜欢拼这个玩儿，蛮特别的，很有年代感。"

我听着他说话，还能看看窗外的景色。山地行走，手部控制是最难的，要辅助机甲攀爬，还要清理障碍。这工作由熟悉机甲的吴寂自己，还有反应敏捷的孙仁来做。要是障碍没清好，或者倾斜太大，顶上的四人就没了。我和另外三人只是机械地控制机甲迈步，工作量小得多。

我看着窗外漆黑的雨夜，丛林里，似乎有什么东西在跟着。我拿起声音感应器靠近耳边，里面传来怒吼的风声。这风刮得如此地猛烈，万里森林都在跟随它呼啸。这不像是单纯的风，像是有大量的猛兽躲在风里，或者这风，本身就是一头凶兽。风太大了，我们一时间无法制造出可以在这种环境飞行的无人僚机，只能用简陋的雷达搜索。

"能源不多了。"我看着仪表盘说道。供应动力辅助系统的能源已经接近警报线。

"已经接近预期使用时间了，"吴寂说道，"缺材料，这玩意儿不是单靠想象就想得出来的。脉冲枪的能源终究是差了些，而且原理也不一样。能量转换一下损失不少。"

"那我再加一点？"冯钰姝问道。

"转换器不稳定，得停下来装。但是后面有东西追得很紧。不能在这里停下。"吴寂驳回。

"你怎么知道的？"我问。

"这雷达是全向的，后面应该要有一些其他生物的信号，但是什么都没有。只能说明来者十分恐怖。而且沉寂区还在追逐我们。十分钟，再撑十分钟。"我转头看去，在红色指示灯的照射下，他的头上满是红色的汗珠。

我看向窗外，这吃人的雨夜，什么地方才是一个尽头。连续翻山越岭一晚上，舱内六人都筋疲力尽。就连以耐力见长的孙仁也露出疲惫的神色。不知道顶上的四位伙伴如何了，我们还无法和他们联系。本来还做了一个通话机，但是风声仅凭机械手段难以消除。于是我们约定，没有紧急情况不要用它。

"呲呲。"通话机声音传来,吴寂说道,"准备停止,减速倒计时,三,二,一。"负责足的四人齐齐挂挡,然后喊着口令,再同时减挡,直到停下来。吴寂拍了拍舱盖,然后旋开阀门。大雨落进来,在出仓口形成了一个瀑布。

"暴风,暴风级轰炸机!"顶上一个人喊道,他是和吴黎明同一个世界的。我从舱盖看出去,巨大的机翼极其震撼,估计可以让五台我们这种步行甲手拉手站在襟翼上。

"小冯,换电池。"吴寂说道,"换完了我们赶紧跑。暴风级是专门用来投掷淫灭弹的,波及范围有些大,尽量离远一些。"吴寂给我们解释道。

这不正常的雨还在下着,冯钰姝咬着手电,在大雨里给步行甲换电池。我们拿着各自趁手的武器站在四周警戒。

我瞥了一眼树丛,看见一群小兔从树丛里冒了出来。

"我记得曾经把你们抓起来过?"吴寂看着兔子说道。

"我们自己出来了呀,"一只兔子说着,搓了搓手,"靠别人不如靠自己。"它有些不满地看了看我。我摊了摊手。

"好了!"冯钰姝喊了一声。我们有序地钻回驾驶舱。之前坐顶上淋雨的人表示别换位置了,他们没力气操作它,只想在上面躺尸。

"呲呲,"通话器里传来电音,吴寂打开舱盖,顶上的人摊了摊手,表示他们没有开。我们抬头看去,在巨型轰炸机之后,还有一群小型战机。在他们的前方,黑云似乎是受到了什么刺激，剧烈翻滚起来。里面似乎在孕育着魔神。一条黑流冲了出来，和战机的银流交织在一起。

"我们……深入雾界……决战。斗争，算得了什么。牺牲，又算得了什么。我们为的是亿万的人民……家园。团结一致，同舟共济。为了胜利……前进！"

吴寂看着窗外沉默不语，又转头看了看身边同伴身上，自己造的装备。他以前从来都只是为了自己。现在，似乎看到了新的方向。真正的力量所在的方向。他看着天上银黑相冲爆出的团团火光，如同一阵暴风，将黑云吹淡了。从黑云的缺口，我看到了久违的月光。

部分注解

1. 火折子：马小舟的灵魂投影到了深梦界，在难民营遇到防守此地的深梦界的一个国度，大瑾帝国常胜军被击溃。

2. 云中书：马小舟在现实界经历了一节语文课，课文记载了马小舟的梦界体李坤山（梦界体李道明的前世身）写的游记。注：马小舟的梦界体具有分身的特异能力，可以附身在不少离散意识体身上，任何有灵魂的物体，不论是动物，机器人还是什么，都可能产生意识体，然后由冥冥中的命运线牵引马小舟的梦界体降临，向他展示命运中的羁绊。马小舟的梦界体也可以独自分离行动。后文不再区分，统一为他的梦界体。

"不食人间烟火气，独观皓月与列星。若坐此地修仙路，可与山川寿齐平？"：表达了李坤山对避世修行的怀疑。

3. 酒旗：马小舟入梦，来到翠微酒铺。遭遇黑云追击。

"玉液赠雅士，清酒照人心。"：好酒值得文雅之士品鉴，清澄的美酒能照出阴暗的人心。

4. 石墩：马小舟入梦，到了一个无名村庄，听说了一处月神庙的传说。出现在现实界的石墩子揭示了破碎的月神庙和被流放的月兔。

5. 琉小兔：现实界的马小舟得到了月兔的一个分身，起名为琉小兔。钟云岚为马小舟在梦界的妹妹，同样可以得到月兔分身。但是由于她的现实界身和梦界身匹配度不够，并不具备控制和感应梦界身的能力。

6. 圣索洛斯大教堂：马小舟梦界体和妹妹一起散步，听闻了圣索洛斯大教堂的传说。

7. 赤溪：马小舟某个世代的梦界体写的文章，可能确有其事。因为时空错乱，投射到了现实世界的某个历史遗迹中，被当作古文写入课本。

8. 朋友：马小舟现实界平行世界里一个具有平静、果敢、耐心特质的女孩。喜好航海，运动，自由自在，对迷惑相具有很高的抗性。一只名叫"金霞"的小猫是她唯一的朋友。她在梦里是自由自在的。虽然她也能游荡在浅梦界，但能够直接到达深梦界。她忘了自己的名字，自由自在，又何必在意自己叫什么呢？在一个失落港口，利用对武器的了解，炸毁了来为难父亲的敌人的车队。她是一个内心强大的人，在邪魔侵染整个梦界的事件里，始终坚定内心。就是在现实界身死后，她的离散意识也没被黑暗侵蚀，依照本能，继续活跃在对抗邪恶的一线。虽以"朋友"为名，却不怎么在写朋友意在：一、体现她实际上希望能有纯粹的友谊；二、现实中的孤寂；三、从剧情上看，作为月神三使者之一，她在后来与马小舟成为朋友。

9. 月神庙：因为时空错乱，以及深梦界的崩溃，月神庙遗址投射到了现实世界。受到维度壁障的削弱，怪物们实力大不如前，但也不是凡人可以对抗的。马小舟所在的现实界正式开启了灾难纪元。

10. 成长：梦界吴寂，另一个平行现实界的熊孩子吴黎明的成长史。他没有善良的特质，只保存了动物的本性，极具侵略性，为人狡猾，成为"妖邪"的代言人。（剧透：但是，他在最后找到了"强壮"和"勇敢"的真义，成为限制"妖邪"的关键。）马小舟的梦界体分身受命运牵引而来，见证部分关键过程。

11. 清远客栈：马小舟的梦界体收到了浅梦界原住民谢雨山的来信，同时，原住民江谦也找到了他，商议前往一个很远的地方探访月神庙。

12. 护城河：这章主角是一名警察，他就是古城的护城河。在全城受到梦界邪魔侵蚀的时候，他的本心还是对抗邪恶，保护无辜平民。电网维护造成了大停电。在黑暗里，他是不灭的火光。

13. 月神的眼泪：吴黎明来到了深梦界的大瑾帝国，这里在组织大肆摧毁月神庙的行动。在深梦界，不仅有月神，还有水神，木神，地神和太阳神。摧毁神庙，月神也不在意。凡心有怜悯，皆能给月神以力量。只是，人们摧毁了一个信念，却没有树立一个新的信念。人们被黑云遮住了目光，背弃了纯真的本心。

14.蒙面人：晚上，李道明在沙达镇的街道上散步，看见三个男子跟着一个小姑娘。他一开始以为是她的护卫，但感觉似乎不太对。后来，一个蒙面侠客袭击了跟踪的人，却被一些民兵给围住。蒙面人一路突围，最后带着那小姑娘躲到了货船上。在路上掉落了一个兔子玉佩，被李道明捡起。在梦界里，神在梦界的吉祥物并不是安全的，凡能看见它们的人，都有能力攻击它们的分身和分身的载体。

15.轰炸：马小舟的梦界体穿越到了吴黎明的现实界，附身在一台觉醒机器人身上。那里正准备对被感染体占领的空间观测站进行轰炸。由于同步实验站的逃生人员感染了观测站，观测站在混乱中开启了实验性自动防御武器，制式的先进武器反而无法穿透。若是让它们成功降落，将对星球造成巨大威胁。由于情况紧急，只能出动传统轰炸机对空间站进行破坏。

16.封锁：地球上出现了越来越多奇怪的事情，比如突然出现的迷雾，消失的小镇，以及行尸走肉般的人类。另一边，月神庙遗址因为地穴坍塌而被封锁，发掘工作无限期延迟。琉小兔却说还有好多小兔被困在了遗址的地穴里，希望马小舟去把它们带出来。这时才知道，月神庙崩解成了许多块，在每个碎块所在地，都有梦游者得到这个消息。马小舟给电台写信，声称家里有人去过那个地方的地下河系统，申请安保队伍保护他前去指引救援队。

17.无名的委托：无名绕了一圈，又回到了沙达镇，那小姑娘则成了她的徒弟，跟她一起学习武功。据她所说，所有恶人已经被歼灭了。她看到了李道明发表的一篇奇幻故事，似乎有些熟悉。于是打听到了他经常去的清远客栈，问李道明那些故事是真的还是假的。李道明则说，那些故事纯属虚构，只是有时候做梦给他的灵感。无名说，有机会一定要去五神大陆，那里似乎有着某件大事的线索。而且，似乎就是李道明所写故事的所在地。

18.水族馆：马小舟入梦，梦界体来到了水族馆，在这里他看到了在向玻璃射击的小时候的吴黎明。马小舟并不认识他，只是看到他打得欢快，受到感染，也捡起了一把枪。但是，他开枪后却感觉很不一样。似乎，有什么东西跑出来了。

19.黑云：马小舟入梦，跟着拥皇军来到了最后一座月神庙的所在地。打着推翻神权名义的起义军，在重重包围圈外，建坛作法，召唤来了三千魔神。魔神大开杀戒，风云变色。最后，魔神化作了一片黑云，把月神的降临体吞没了。魔神重置了这一天。一切似乎都没有发生，只是这世界上没有了月神。从此，梦界没有了月光。

"凝聚月华赋其形，汲取参宿铸其心。手掌十万流火箭，背负长光贯天星。"：来自神界的机甲跃迁而来，与渗透入梦界的邪魔交战。

20.两个发明家：马小舟入梦，出现在冯钰姝浅梦体周围。

此时的冯钰姝为小时候的状态。万灵帝国军械部的小职员金枫林向佣兵推荐声波武器。冯钰姝觉得赶不如杀，展示了自己在这个世界发明的脉冲枪。金枫林想强行占有此枪的相关技术，最后放弃。

21.避难所：在旅行团的时候，冯钰姝入梦。由于特殊梦游者的关联性，马小舟的深梦体也被招来。在马小舟问道她想去哪时，冯钰姝的浅梦体无名带着他穿梭到了深梦界，来到了一座壮丽的滨海城池。无名本来很开心，和马小舟说着这就是她的家。但突然意识到，这是一座希望渺茫的"避难所"。

22.祭祀：马小舟入梦，浅梦体本体与江谦来到了浅梦界的月神庙，这里正在举行祭祀。他们潜入神庙内部，却发现地下多了一些空间，以及试图突破出来的未知生物。

23.迷雾之城：冯钰姝入梦，触发特殊关联梦境迷雾之城。马小舟的梦界体受命运之召出现在附近。吴寂的梦界体在这里尝试赚第一桶金，却意外撞见冯钰姝的梦界体，骗局被识破。

24.浊浪道人：冯思明的梦界体冯慎独听说了五行大陆。作为道家信徒，他梦想着到达这梦想之地。只不过，他处在浅梦界。正常情况下，无论如何，都到不了深梦界。

25.雨：施工队要在一处高山山区拓宽道路，因为原先的山道限制了从白希江皮亚塔港到云池关的交通。是按照习惯和原有设施来修建，还是违背原计划，修建一条更加安全便利的捷径？一场异常的大雨很快就要来了，延缓了决定的时限。施工队的技术顾问吕先生和工头苏坤离却隐约感觉到更加迫近的危险。

26. 断线：马小舟的浅梦体在梦界的界际列车上与被抓住的吴黎明的浅梦体交谈，得知了一些有关梦界的信息。实际上，吴黎明正是一系列阴谋背后的推手。虽然，他也不过是一枚棋子。

27. 无路可逃：马小舟来到冯钰妹的梦里，了解到她的过去，明白了她为何逢恶必杀的部分原因。在平行世界里，吴寂鼓动和帮助二战余孽发动了核袭击，猫捉老鼠般，捉弄着逃亡的人群。全球核战爆发。

28. 自由：你可知，什么是自由，而什么是你安全的屏障？在吴黎明的梦界体吴寂的号召下，为了追求自由，一群年轻人打开了庇护所的大门，放入了敌人，把整个幸存者庇护所的人带入死地。

29. 救援：马小舟入梦。在无名发出委托后，马小舟通过电视台向联邦政府展示了自己对月神庙地道的熟悉，从而获批参与月神庙被困人员的搜救。马小舟和队友直奔小兔和松鼠的所在。就在救出部分小兔和松鼠时，地面基地却被傀儡人摧毁，分出去的另一队也全军覆没。队长下令立即撤退。

30. 秩序的崩溃：现实世界中，联邦半数的地区都失控了，当局认为是特殊传染性病原体引起的。而在深梦界，黑云抵达了大瑾帝国最后一座关城，即将全境沦陷。势不可挡的吴寂召唤宣扬利益至上的夜神的降临。

"朱丹":红色的宝石,象征着众生的鲜血。"金云":金色的云鬘,象征财富。

31.再等等看:为了清除反抗军,以及削减人口,方便控制,掌握绝对军事实力的玄军对平民展开袭击。林周山由于惧怕无人机的空袭,躲着不敢出来,一次次丧失生存的机会。

32.失势:某个信奉月神教的组织失去了竞争内阁席位的机会,同时被认为是反叛力量。他们是一群被约束的君子,是吴寂利用乌合之众的愚昧和短视,强化自己控制能力的一个缩影。

33.沙达镇:剧情需要章节。冯钰姝透露出她由于核爆伤害,所剩时间不多。

34.混乱时代:梦界抵抗力量一退再退,新成立的傀儡势力大瑾共和国构陷北方邻国瀚海共和国,发动侵略战争。现实界中,由于梦界侵蚀,走向一个无序的、暴力的、混乱的、无政府主义泛滥的未来。

35.要塞:由于官僚主义和利己主义,要塞的最高领袖对支援卫城并不尽心尽力。卫城被大瑾侵略军不费吹灰之力攻下,要塞门户大开,危在旦夕。

36.古树:面恶者不一定恶,面善者不一定善。由于信息不平衡,如何辨别善恶?

37.深林里的鬼:在科达马伊有一座闹鬼的森林,迎来了一群猎人。那些猎人是偷猎者，而护林员是"鬼"。他苦心经营的恐怖被火枪击破，自己也失去生命。森林的守护神倒下了，偷猎者们开起了狂欢舞会。

38. 小草：人微言轻，吴寂在现实界就是一棵无人知晓的小草。那个愿意正眼看一看他的那个她，是他少有的光。剧情章节，补充解释了病毒和空间站事故的情况。另外，通过再次附身机器人，再次暗示了机器人觉醒。

39. 无战之地：科达马伊是一个和平至上的国家，坚持用智慧解决所有问题，几乎没有了兵器。黎明狩猎团杀死了科达马伊象征着和平的吉祥物，释放了科达马伊人对战争的渴望。坚持地神信仰的老村长，希望找到一个共同的信念，使得雾界难民和本地人可以和谐相处。吴寂则利用他的善心，阴谋推动雾界人福利，希望更彻底地破坏科达马伊原生的地神信仰和文化。难民中也有别有心机的人，在谈判的时候故意开火，试图挑起争端。

40. 无家可归的人：谁才是无家可归的人？是被邪魔侵袭，失去家园的雾界人，还是被雾界人赶走的科达马伊人，还是失去信念和精神家园的现实界人？

41. 病毒：剧情章节。吴黎明被查出投放了危险病原体造成实验站的毁灭。在夜神教劫法场的时候却发生了内讧。他隐隐察觉，自己一手创建的夜神教似乎有了些变化。

云雾沉沉，飞翎吹落杜鹃雨。杨枝一缕，画作逢春树。

霜结芙蕖，难断梅花数。天不语，山河倾覆，难觅修月斧。

注解：

·云雾沉沉，点明氛围压抑，更是心中的迷雾。

·飞翎：战斗机。

·杜鹃雨：一是指电浆炮的爆射，二是杜鹃意味单纯，真善美，杜鹃花落，则世风日下，人心不古。

·杨枝：一：观音菩萨的杨柳枝，具有枯木逢春之效。二：现实存在的杨柳枝。不过再怎样，也只有一缕，形容正义势力极为单薄。

·画作逢春树：观音的柳枝都无法清净这个世界，只能在漫漫寒冬，徒劳地画一棵幸运的树。

·霜结芙蕖：出淤泥而不染的荷花被冰霜冻结。

·难断梅花数：梅花数为占卜之术，意为前途不明

·天不语：大道苍天保持沉默

·山河倾覆：大地混乱，秩序崩溃。叫地地不灵。

·难觅修月斧：修月斧出自典故"玉斧修月"，此寓意难以匡扶。

42.神医：马小舟入梦，在瀚海木神湖畔的云松城，听到了一首名为《神医》的戏曲，讲述了一个遵守本心、救人为上的神医。另一边，冯钰姝思虑再三，还是放过了救援恶人的医生。

43.逃离：吴黎明被夜神教的叛徒设计牵引到界阱边缘。他回忆着往事，渐渐发觉自己受到了外物的控制。他不节制内心的欲望，最终搬起石头砸自己的脚。在叛徒的威逼下，他坠入了界阱。

44.吴寂讨逆：吴黎明的梦界体吴寂还在梦界，浑浑噩噩地游荡到了大瑾的云池关。在这里又遇到了叛徒，激起了内心的仇恨。他以一己之力打败了叛徒和他们带来的异兽，其勇武得到了部分人的认可。城主否决了他对邪神军队、玄军继续战斗的建议。吴寂失望下离开云池关，有近百人与他一起离开。吴寂原本是想让更多人理解自己的利己主义，并认为只有利益驱动才是世间真理。但是夜神教的篡位者被邪神控制，认为摧毁一切精神家园，才是正道。由于吴寂强大的梦界改造能力，他是邪神军队玄军的重点打击对象。

"寒城千山围，青苗暮雪堆。白水向东去，何处始得归？"：孤独的城池被千山围困，青嫩的苗还没苗壮成长就被暮雪覆盖。白色的江向东流去，不知什么时候才能回到它的源头。反映了吴寂等人被困在带山城，而反抗力量十分弱小的局面。

45.分享：跟随吴寂离开云池关的很多人都是利己主义者，他们没有什么信念，也没有崇高的理想。在营生的琐碎之前，一大半的人离开了吴寂的团队。吴寂感激愿意继续和他并肩的人，为他们打造了不少顶尖装备。当年冬天，同样换装新式装备的玄军大举进攻吴寂栖身的带山城。打退敌军后，只剩下十二人继续跟随吴寂。他感到迷茫，不知道自己的所作所为到底是为了什么。而由于主体人口南迁而物资紧缺的翠微山庄开始实行配给制，分配不公引起仅剩队友的不满。

46.大风：白希江没能挡住玄军多久，玄军轰炸了翠微山庄。吴寂带着剩下的九人继续撤退。在能源即将耗尽，就要被玄军和邪兽包围时，天上飞过了战机群。他们将对优势敌军展开反击。吴寂看着他们，意识到，为己者失，为友者强，而为人人者，乃大道。大风吹开了黑云的一角。志士们的拼搏，使得黑夜再不能为所欲为。久违的月光重回天地间。